中國語言文字研究輯刊

二二編

許學仁 主編

第13冊

秦簡書體文字研究（第二冊）

葉書珊 著

花木蘭文化事業有限公司

國家圖書館出版品預行編目資料

秦簡書體文字研究（第二冊）／葉書珊 著 -- 初版 -- 新北市：
花木蘭文化事業有限公司，2022〔民 111〕
目 4+188 面；21×29.7 公分
（中國語言文字研究輯刊 二二編；第 13 冊）
ISBN 978-986-518-839-9（精裝）
1.CST：簡牘文字 2.CST：書體 3.CST：研究考訂
802.08 110022448

ISBN-978-986-518-839-9

中國語言文字研究輯刊
二二編 第十三冊 ISBN：978-986-518-839-9

秦簡書體文字研究（第二冊）

作 者 葉書珊
主 編 許學仁
總編輯 杜潔祥
副總編輯 楊嘉樂
編輯主任 許郁翎
編 輯 張雅淋、潘玟靜、劉子瑄 美術編輯 陳逸婷
出 版 花木蘭文化事業有限公司
發行人 高小娟
聯絡地址 235 新北市中和區中安街七二號十三樓
電話：02-2923-1455／傳真：02-2923-1452
網 址 http://www.huamulan.tw 信箱 service@huamulans.com
印 刷 普羅文化出版廣告事業
初 版 2022 年 3 月
定 價 二二編 28 冊（精裝） 台幣 92,000 元

秦簡書體文字研究
（第二冊）

葉書珊 著

目次

第三冊

第四冊

第五冊

表格目次

圖版目次

附　錄

附錄一：秦簡字形表

凡　例

1. 字形表中的圖版選錄自
《里耶秦簡（壹）》、《里耶秦簡（貳）》、《嶽麓書院藏秦簡（壹）》、《嶽麓書院藏秦簡（貳）》、《嶽麓書院藏秦簡（參）》、《嶽麓書院藏秦簡（肆）》、《嶽麓書院藏秦簡（伍）》、《秦簡牘合集（壹）》、《秦簡牘合集（貳）》、《秦簡牘合集（參）》、《秦簡牘合集（肆）》等書。
2. 字形排列先後按筆畫由少至多遞增方式排序，相同筆畫的字，則依漢・許慎撰、清・段玉裁著《說文解字注》（臺北：藝文印書館）一書收字順序編排，並附上頁碼。書中未收錄的字，則置於該筆畫字群之末。
3. 有附字形表的筆畫索引以利檢索。
4. 筆畫索引從 1 畫到 33 畫以遞增方式排序，合文字、待釋字則收錄於「其他」項下。
5. 取字原則非全部收錄，只取字形不同且明確者，殘缺不完整，或形體漫漶不清之字則略而不錄。
6. 簡牘有分正背面分別，書有「背」、「反」的二種標示，本字形表統一採用「背」字，則於簡號後加注「背」字，以示為簡牘背文。
7.《睡虎地秦簡》採用《秦簡牘合集》一書重新整理的編號，但是再整理者使用「反」字，本字形表為求統一，改使用「背」字，但是數字同樣為再整理者的編號，如：《睡・日甲 113 反》改為《睡・日甲 113 背》。

8. 里耶秦簡的編號，第一個數字代表簡牘所在層位，第二個代表簡牘編號，如：里 8.42，表示第 8 層的簡 42。
9. 若遇同一支簡牘被分成三段者，則於簡號後面另加逗點與阿拉伯數字，表示之 1、之 2、之 3，例如：里 8.100.1，表示第 8 層第 100 號簡的第 1 段。
10. 《龍崗秦簡》、《周家臺秦簡》有竹簡與木牘之分，本字形表於簡名後標注為「（木）」，以示為木牘，如《龍（木）・13》、《周（木）・1》。《青川木牘》皆為木牘，則直接標名簡號，如《青・16》、《青・17》。
11. 《嶽山秦簡》二支木牘於《秦簡牘合集》的釋文，簡號標示為大寫的「壹」、「貳」，本字形表統一為阿拉伯數字「1」、「2」。
12. 《秦簡牘合集》部分編號標至簡牘的欄位，但是本字形表為統一格式，僅標示至簡號，沒有再細分欄位。
13. 《睡虎地秦簡》、《放馬灘秦簡》、《嶽麓書院藏秦簡》各篇簡號經過重新編排，故本表再標示上篇名。
14. 《嶽麓書院藏秦簡》分五冊，本字形表再加上國字數目一、二、三、四、五標明冊數。
15. 字形表的簡稱，依據史語所的「小學堂」的體例，以簡牘名稱的第一字，以及篇名的第一字作為簡稱。

一　畫

	字　例									頁碼
一	 里 6.1	 里 8.42								1
	 嶽一・為吏 28	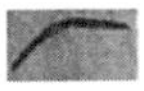 嶽三・暨 99								
	 睡・語 9	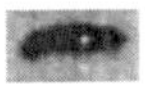 睡・秦種 22	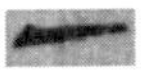 睡・效 3	 睡・效 40	 睡・秦雜 23					
	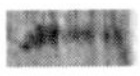 青・16	 青・16								
	 放・日乙 55	 放・日乙 56								
	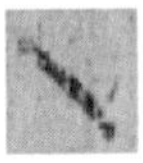 龍 40									
	 周・134	 周・368								
丨	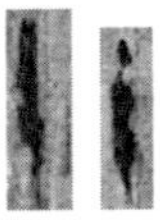 里 6.25									20
㇏	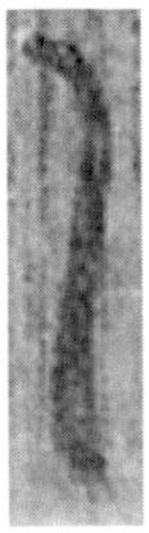 里 8.648									633
乙	 里 6.21	 里 8.66	 里 8.409	 里 8.688 背	 里 8.60 背	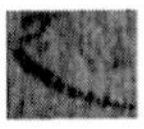 里 8.653	 里 8.1425			747

 嶽一·27質22	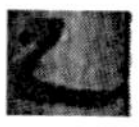 嶽一·34質49	 嶽一·34質58	 嶽一·34質10	 嶽三·癸25	 嶽三·暨99	 嶽三·學210	 嶽四·律壹280	
 睡·法4	 睡·法11	 睡·封20	 睡·封73					
 放·日甲56	 放·日乙56	 放·日乙97						
 龍·98								
 周·1	 周·2	 周·7						
 山·1	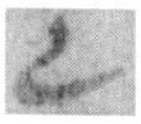 山·1							

二　畫

	字　　例									頁碼
二	 里 5.13	 里 6.1	 里 8.62背							1
	 嶽一·27質2	 嶽一·為吏30	 嶽三·癸11							
	 睡·葉2	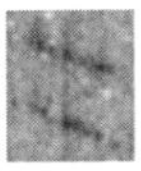 睡·葉12	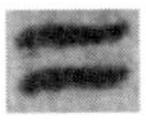 睡·秦種8	 睡·效4	 睡·效13	 睡·秦雜2				
	 放·日甲2									
	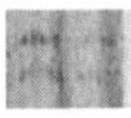  青·16									
	 龍·41	 龍·53								
	 周·135	 周·322								
八	 里 6.1	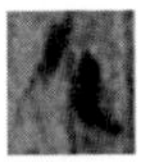 里 8.218	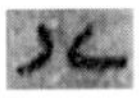 里 8.254	 里 8.914						49
	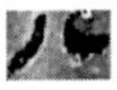 嶽一·27質2	 嶽一·35質1	 嶽二·數3	 嶽三·癸22						
	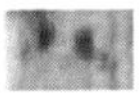 睡·葉8	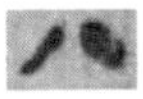 睡·秦種41	 睡·秦種133	 睡·效3	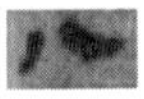 睡·秦雜9					
	 放·日甲8	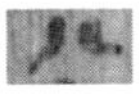 放·日乙57								

	 青・16									
	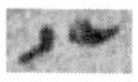 周・1	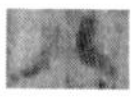 周・131	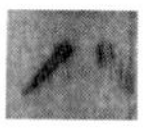 周・135							
	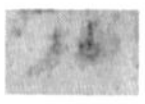 山・2									
十	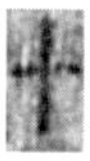 里 5.18	 里 6.1								89
	 嶽一・27 質 2	 嶽二・數 3	 嶽二・數 22	 嶽三・尸 33	 嶽三・芮 67					
	 睡・葉 10	 睡・為 39								
	 放・日甲 10									
	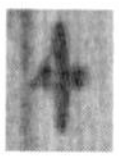 青・16									
	 龍・40	 龍・191								
	 周・134	 周・135								
又	 里 8.647									115
卜	 睡・法 194	 睡・日乙 126	 睡・日甲 101							128

	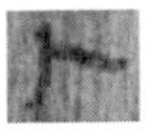 放・日乙 109	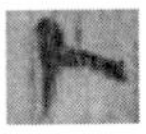 放・日乙 271	 放・日乙 359							
刀	 里 8.834									180
	 嶽三・譊164	 嶽四・律壹 109								
乃	 里 8.278	 里 8.2482								205
	 嶽一・占夢 11	 嶽二・數 156	 嶽二・數 184	 嶽三・尸 36	 嶽三・猩 57	 嶽三・學 232	 嶽四・律壹 149			
	 睡・秦種 25	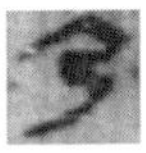 睡・秦種 65	 睡・秦種 104	 睡・秦種 128	 睡・效 39	 睡・秦雜 41	 睡・封 69	 睡・日甲 78		
	 放・日乙 14	 放・志 4								
	 周・327	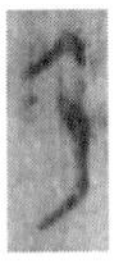 周・328	 周・369							
入	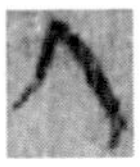 里 8.520	 里 8.753 背								226

	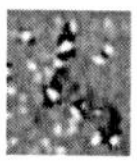 嶽一·為吏25	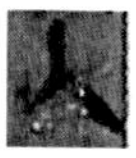 嶽一·占夢18	 嶽三·尸34	 嶽三·尸38	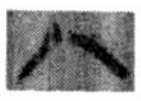 嶽五·律貳2					
	 睡·秦種7	 睡·秦種18	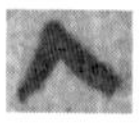 睡·秦種24	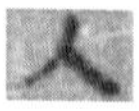 睡·效37						
	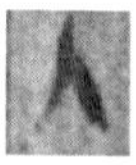 放·日甲16	 放·日甲17	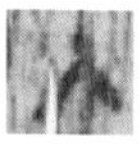 放·日甲43							
	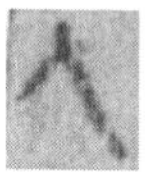 龍·2	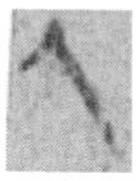 龍·3	 龍·13							
	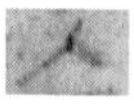 山·1	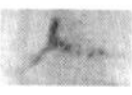 山·2								
人	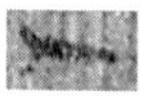 里6.14	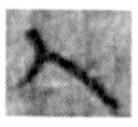 里8.8	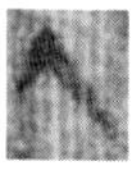 里8.48	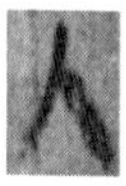 里8.427						369
	 嶽一·為吏33	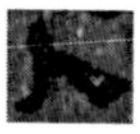 嶽一·為吏17	 嶽二·數120	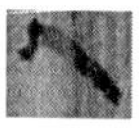 嶽三·癸2	 嶽三·癸18					
	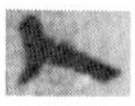 睡·語6	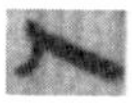 睡·語10	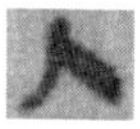 睡·秦種16	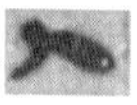 睡·秦種61	 睡·秦種126					
	 放·日甲20									
	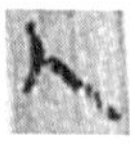 龍·4	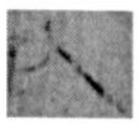 龍(木)·13								
	 周·187	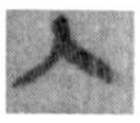 周·134								
	 山·1									

匕	 嶽一·占夢 8									388
	 周·314									
力	 嶽一·為吏 3	 嶽一·為吏 36	 嶽一·占夢 24	 嶽四·律壹 150						705
	 睡·為 19	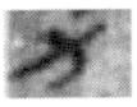 睡·日甲 146								
七	 里 6.1	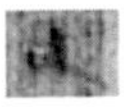 里 8.28	 里 8.210							745
	 嶽一·27 質 1	 嶽一·27 質 31	 嶽二·數 177							
	 睡·葉 7	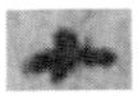 睡·秦種 5								
	 放·日甲 7	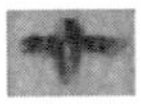 放·日乙 56								
	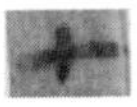 周·131	 周·134								
	 山·2									
九	 里 5.22	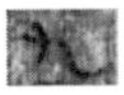 里 5.23	 里 6.1	 里 8.39	 里 8.164 背	 里 8.1774	 里 8.2156			745
	 嶽一·27 質 31	 嶽二·數 21	 嶽二·數 152	 嶽二·數 197	 嶽三·芮 63	 嶽五·律貳 11				

	 睡·葉 9	 睡·秦種 57	 睡·秦種 90							
	 放·日甲 9	 放·日乙 56								
	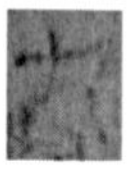 龍（木）·13									
	 周·59	 周·134								
丁	 里 6.10	 里 8.66 背	 里 8.96	 里 8.1539	 里 8.2180	 里 8.164	 里 8.768	 里 8.1220	 里 9.1115	747
	 嶽一·27 質 32	 嶽一·27 質 40	 嶽一·34 質 50	 嶽一·35 質 38	 嶽三·猩 47	 嶽三·暨 99	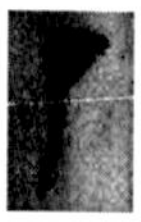 嶽四·律壹 144			
	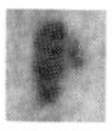 睡·葉 23	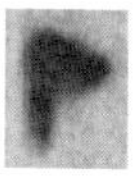 睡·語 1	 睡·秦種 61							
	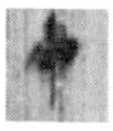 放·日甲 69	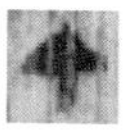 放·日甲 70								
	 周·2	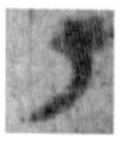 周·3	 周·4	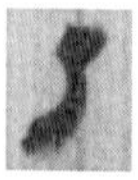 周·60						
	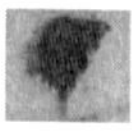 山·1	 山·1	 山·1	 山·1						

了	 里9.703背	 里9.1354								750

三　畫

	字例									頁碼
上	里 5.31	里 6.31	里 8.256	里 8.154	里 8.434	里 8.625	里 9.4			1
	嶽一·為吏 30	嶽一·占夢 8	嶽二·數 189	嶽二·數 192	嶽三·癸 30	嶽四·律壹 1	嶽四·律壹 329			
	睡·語 9	睡·秦種 29	睡·秦種 10	睡·秦種 118	睡·效 7	睡·效 23	睡·效 49	睡·秦雜 9	睡·秦雜 34	
	睡·法 113									
	放·日甲 22	放·日乙 55	放·日乙 204							
	龍·42A									
	周·31	周·47	周·297							
下	里 5.4	里 8.66 背	里 8.127	里 8.178	里 9.3	里 9.1626				2
	嶽一·27 質 33	嶽一·為吏 31	嶽一·為吏 85	嶽一·占夢 10	嶽二·數 180	嶽三·猩 44	嶽四·律壹 22	嶽四·律壹 209		
	睡·語 4	睡·語 6	睡·秦種 20	睡·效 25	睡·法 152					

	 青・16									
	 放・日甲 17									
	 龍・238									
	 周・299	 周・312	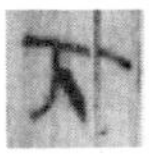 周・364							
三	 里 5.22	 里 6.1								9
	 嶽一・27 質 31	 嶽一・占夢 3	 嶽二・數 41	 嶽三・癸 13						
	 睡・葉 3	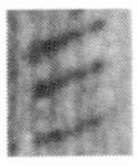 睡・葉 23	 睡・秦種 8	 睡・秦種 13	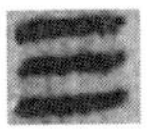 睡・秦種 78					
	 青・16									
	 龍・136									
	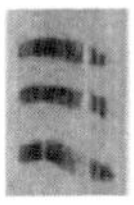 周・133  山・1									

士	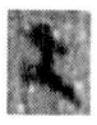 里 5.1	 里 5.4	 里 8.66 背	 里 8.71						20
	 嶽一·為吏 46	 嶽二·數 122	 嶽三·癸 8	 嶽三·猩 44	 嶽三·芮 62	 嶽三·多 91				
	 睡·秦種 155	 睡·秦雜 39	 睡·封 47	 睡·為 18						
小	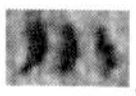 里 5.18	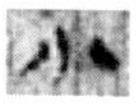 里 6.10	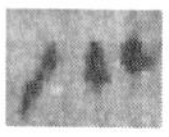 里 8.216							49
	 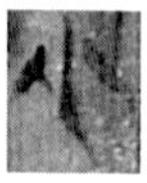 嶽一·34 質 30	 嶽一·35 質 26	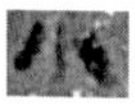 嶽一·為吏 55	 嶽三·多 92						
	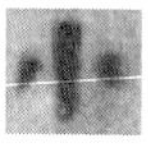 睡·秦種 61									
	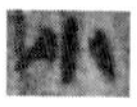 放·日甲 15	 放·日甲 30A+32B	 放·日乙 66							
	 龍·206									
	 周·133	 周·315								
口	 里 5.18	 里 8.92								54

	 嶽一·35質12	 嶽一·占夢18								
	 睡·語11	 睡·秦種188	 睡·為29							
	 放·日甲22	 放·日乙55	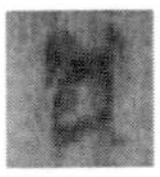 放·日乙212							
干	 里8.1764									87
	 睡·秦種168	 睡·秦種172	 睡·效27	 睡·日甲90背						
丈	 里8.135	 里8.659	 里8.913	 里8.1751						89
	 嶽一·占夢6	 嶽一·占夢18	 嶽二·數64	 嶽二·數177						
	 睡·法6	 睡·為28	 睡·日甲114背							
	 放·日甲28	 放·日乙61								

	 龍·176									
千	 里 6.1	 里 8.60	 里 8.458	 里 8.552	 里 8.597					89
	 嶽二·數 113	 嶽二·數 161	 嶽二·數 178	 嶽三·癸 20	 嶽三·芮 85	 嶽五·律貳 6	 嶽五·律貳 26			
	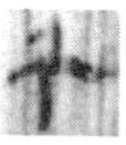 睡·語 14	 睡·秦種 64	 睡·秦種 164	 睡·效 8	 睡·效 56					
	 青·16									
	 龍·120									
寸	 里 8.537	 里 8.550								122
	 嶽二·數 32	 嶽二·數 107	 嶽四·律壹 127							
	 睡·秦種 14	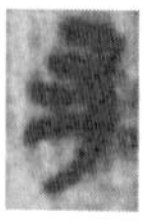 睡·秦種 66	 睡·秦雜 9	 睡·法 6						

	 龍·14A	 龍·257								
刃	 里 9.1351									185
	 嶽一· 為吏 72									
	 睡·法 90	 睡·封 67								
工	 里 5.33	 里 8.493	 里 9.1124							203
	 嶽一· 為吏 81									
	 睡·秦 種 110	 睡·秦 種 111	 睡·秦 種 156	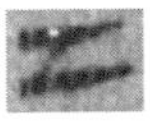 睡·秦 雜 24						
于	 里 8.170	 里 8.758	 里 9.1884							206
	 嶽四· 律壹 6	 嶽四·律 壹 218								
	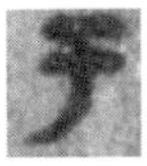 睡·秦 種 25	 睡·秦 種 135	 睡·效 53							

	 放・日甲18  龍・111	 放・日乙55  龍・136								
久	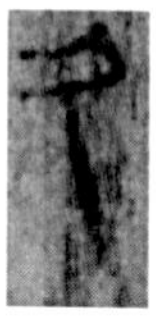 里8.594									239
	 睡・秦種86	 睡・秦種102	 睡・秦種104	 睡・效40	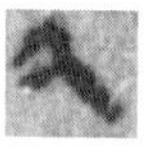 睡・秦雜24	 睡・日乙228				
	 放・日乙116	 放・日乙242								
	 龍・5									
	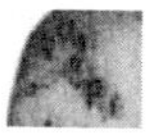 山・2									
才	 睡・秦種30	 睡・封47								274
	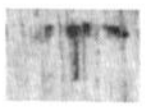 放・日甲36	 放・日乙277								

夕	 里8.145	 里9.701背							318
	 嶽一·27質11	 嶽一·占夢3							
	 睡·秦種55	 睡·日甲66							
	 放·日甲47	 放·日甲49	 放·日甲73	 放·日乙40					
	 周·245								
巾	 睡·封87								360
尸	 里8.793								403
	 嶽一·34質34	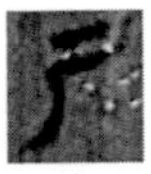 嶽一·34質53	 嶽三·尸40						
山	 里8.92	 里8.735	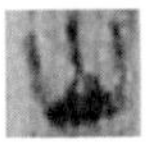 里8.215背	 里8.753背	 里8.769				442
	 嶽一·占夢7	 嶽三·癸13	 嶽四·律壹330	 嶽五·律貳10					
	 睡·秦種4	 睡·秦種119	 睡·秦雜21	 睡·葉30					

	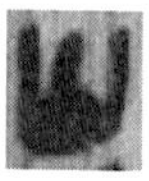 放·日乙259+245	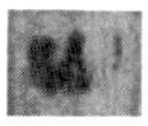 放·日乙184								
	 周·335	 周·345								
丸	 周·321									452
大	 里5.18	 里8.461	 里8.529背	 里8.863	 里8.920					496
	 嶽一·34質1	 嶽一·35質1	 嶽二·數29	 嶽二·數123	 嶽三·暨105					
	 睡·葉44	 睡·語7	 睡·秦種17	 睡·秦種11	 睡·秦雜23					
	 青·16									
	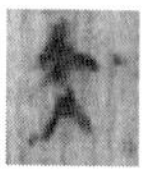 放·日甲13	 放·日乙73	 放·日乙5							
	 龍·156									
	 周·59	 周·77	 周·135	 周·300						
	 山·1									

川	 里 9.26 47									574
	 嶽一·占夢 5	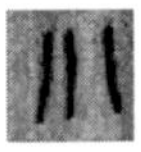 嶽五·律貳 82								
卂	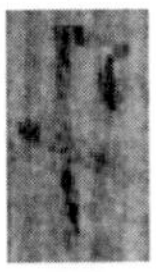 里 8.231									588
女	 里 8.19	 里 8.920	 里 8.2152	 里 8.707	 里 8.1070	 里 8.1140				618
	 嶽一·為吏 72	 嶽三·癸 2	 嶽三·同 142	 嶽三·魏 151						
	 睡·秦種 59	 睡·秦種 62	 睡·秦種 110	 睡·封 84	 睡·為 18					
	 放·日甲 3	 放·日甲 16	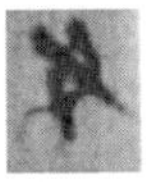 放·日甲 17	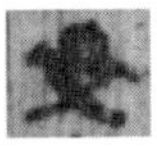 放·日乙 58						
	 龍·2									
	 周·322	 周·323	 周·331	 周·347	 周·368					
也	 里 8.687 背									633

	 嶽一・為吏 6	 嶽一・為吏 87	 嶽二・數 33	 嶽二・數 68	 嶽二・數 70	 嶽二・數 77	 嶽二・數 187	 嶽二・數 194		
	 睡・秦種 103	 睡・法 195	 睡・日甲 129	 睡・日甲 57 背						
	 放・日乙 277									
	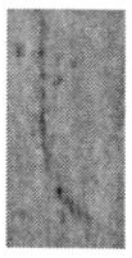 龍(木)・13 背									
	 周・189	 周・191								
	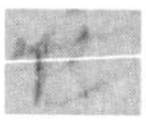 山・2	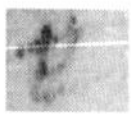 山・2								
弋	 里 6.11	 里 8.461								633
	 嶽四・律壹 7									
	 龍・30	 龍・31								
	 睡・日甲 40									

亡	里 8.41	里 8.546	里 8.665	里 8.705						640
	嶽一・34 質 34	嶽一・34 質 47	嶽一・占夢 31	嶽三・多 92	嶽三・魏152	嶽四・律壹 23	嶽四・律壹 107	嶽五・律貳 16		
	睡・秦種 18	睡・秦種 135	睡・秦種 157	睡・秦雜 4	睡・法 48					
	放・日甲 18	放・日甲 26	放・日甲 29	放・日乙 15	放・日乙 56	放・日乙 63				
	龍・18	龍・101	龍・112							
	周・187	周・189								
弓	里 8.2186	里 8.2200								645
	龍・17									
凡	里 5.18	里 8.479	里 8.1095	里 8.1221	里 6.1	里 8.222	里 8.752	里 8.1575	里 8.1740	688
	里 8.1554	里 9.433								

	 嶽二·數 156	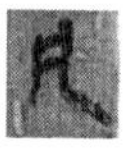 嶽三·暨 97								
	 睡·語 2	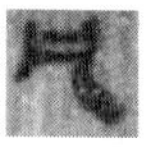 睡·語 9	 睡·秦種 171	 睡·效 30	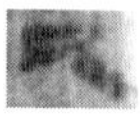 睡·日甲 31					
	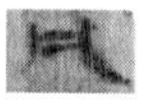 放·日甲 73	 放·日乙 283								
	 周·139									
	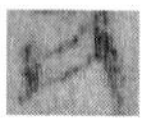 山·2	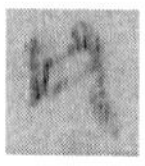 山·2								
土	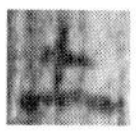 里 8.31	 里 8.780								688
	 嶽一·35 質 31									
	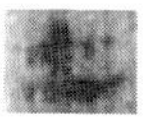 睡·秦種 56	 睡·秦種 119	 睡·日甲 75 背							
	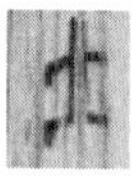 放·日甲 35	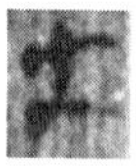 放·日甲 24	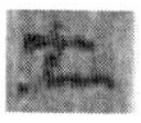 放·日乙 295							
	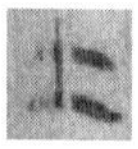 周·259	 周·301								
	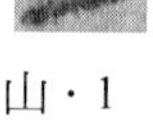 山·1									

己	里 5.22	里 5.23	里 6.8	里 8.27	里8.135背	里 8.1433背				748
	嶽一·27質17	嶽一·34質65	嶽一·35質10	嶽一·35質24	嶽三·尸40	嶽三·芮64	嶽四·律壹320			
	睡·葉34	睡·日甲68								
	青·16									
	放·日甲69	放·日乙70								
	周·5	周·6	周·371							
	山·1									
子	里 5.1	里8.135	里8.405	里 8.63	里8.137	里 8.711	里8.713			749
	嶽一·27質35	嶽一·為吏72	嶽三·癸2	嶽三·癸3	嶽三·同142	嶽五·律貳6				
	睡·秦種62	睡·秦種116	睡·秦種161	睡·秦雜31	睡·封17	睡·為44	睡·日乙2			

	 放・日甲69	 放・日甲14	 放・日甲30A+32B	 放・日乙57	 放日乙108A+107					
	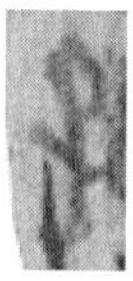 龍・2									
	 周・5	 周・6	 周・193	 周・302	 周・318	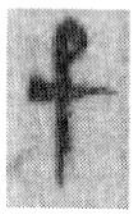 周・331	 周・342			
	 山・1	 山・1								
巳	 里8.66	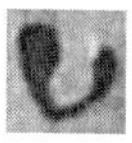 里8.133	 里8.138背							752
	 嶽一・27質18	 嶽一・34質35	 嶽一・34質12	 嶽一・35質31	 嶽三・癸18	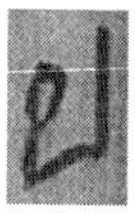 嶽三・芮69	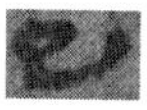 嶽三・同147			
	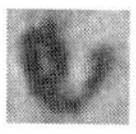 睡・葉23	 睡・日乙68								
	 放・日乙299	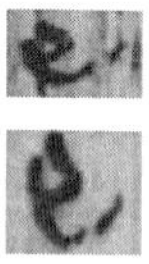 放・日甲1	 放・日甲2	 放・日甲69						
	 周・1	 周・7	 周・136							
	 山・1	 山・2								

已	 里 8.39	 里 8.135	 里 8.197	 里 8.13 14	 里 8.13 49	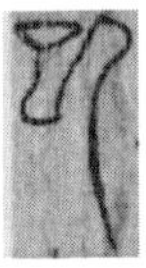 里 8.214	 里 8.282	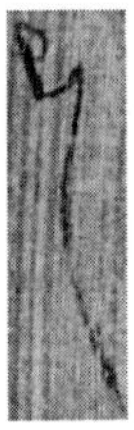 里 8.15 11 背	 里 8.492	
	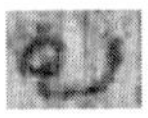 里 9.20									
	 嶽一・34 質 65	 嶽一・為吏 82	 嶽一・占夢 14	 嶽四・律壹 135						
	 睡・語 3	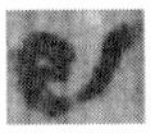 睡・語 5	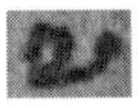 睡・秦種 35	 睡・秦種 84	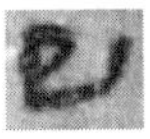 睡・秦種 153	 睡・秦雜 35	 睡・法 12	 睡・法 30		
	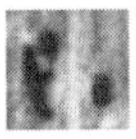 放・日甲 58									
	 龍・19	 龍・68	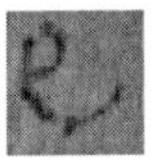 龍(木)・13							
	 周・187	 周・207	 周・373							
乞	 里 8.114									
	 睡・法 115									
乂	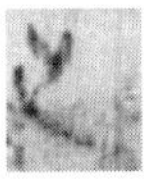 里 9.23 09									

四　畫

	字　例									頁碼
弌	 周・367									1
天	 里 8.1786									1
	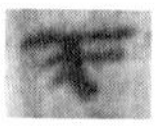 睡・日甲 79	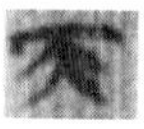 睡・日乙 88								
	 嶽一・為吏 33	 嶽一・占夢 8	 嶽一・占夢 43	 嶽五・律貳 56						
	 周・345									
元	 里 5.1	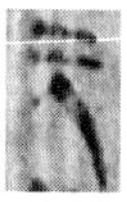 里 8.60 背	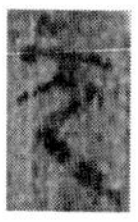 里 8.653	 里 9.1146	 里 9.1884 背					1
	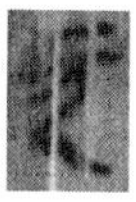 嶽三・得 175	 嶽四・律壹 289								
	 睡・葉 1	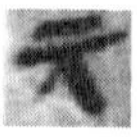 睡・葉 5								
王	 里 5.12	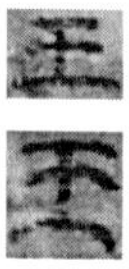 里 8.461								9

	 嶽三·芮67									
	 睡·葉1	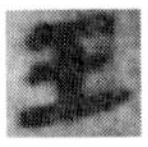 睡·葉5	 睡·法203							
	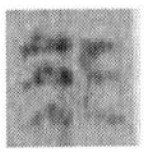 青·16									
	 放·日乙47	 放·志1								
气	 嶽三·得184	 嶽三·得187								20
中	 里5.4	 里8.51	 里 8.86背	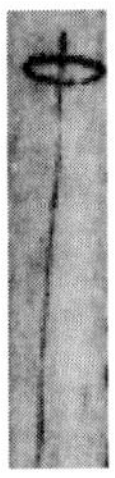 里8.94	 里8.173背	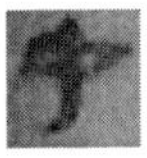 里8.269	 里8.718			20
	 嶽一·為吏2	 嶽一·占夢11	 嶽三·癸5	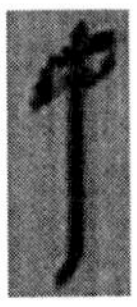 嶽三·猩52	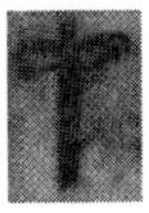 嶽三·同149					
	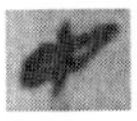 睡·葉33	 睡·秦種17	 睡·效48	 睡·秦雜2	 睡·秦雜11	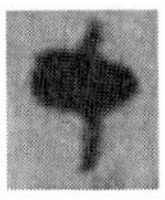 睡·日甲75背				
	 放·日甲23	 放·日甲43	 放·日甲44	 放·日乙55	 放·日乙204					

	 龍・7	 龍・11	 龍・17	 龍・60	 龍・64					
	 周・133	 周・193								
屯	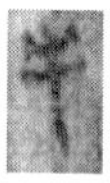 里 8.81	 里 8.140	 里 8.445							22
介	 嶽一・27 質 13									49
	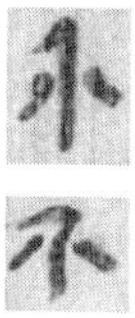 睡・法 206									
分	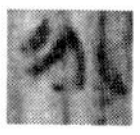 里 8.125	 里 8.216	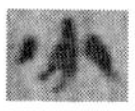 里 8.426	 里 8.498	 里 9.831					49
	 嶽一・占夢 3	 嶽二・數 41	 嶽二・數 5	 嶽二・數 78	 嶽三・癸 7	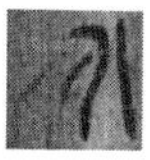 嶽三・芮 62	 嶽三・猩 54	 嶽五・律貳 5		
	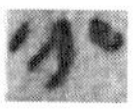 睡・秦種 78	 睡・秦種 84	 睡・秦種 130	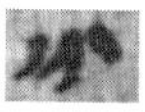 睡・秦種 167	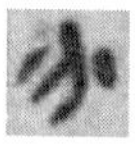 睡・效 14	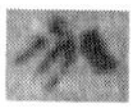 睡・秦雜 7	 睡・法 68	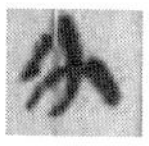 睡・日甲 157 背		
	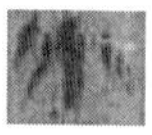 放・日乙 260									
	 龍・136	 龍・186								

	 周·211									
少	 里 8.33	 里 8.275	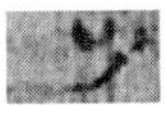 里 8.58	 里 8.63	 里 8.75	 里 8.1783	 里 8.2086	 里 9.1310		49
	 嶽一·為吏 69	 嶽二·數 11	 嶽三·綰 241							
	 睡·秦種 19	 睡·秦種 180	 睡·效 5	 睡·法 32						
	 放·日乙 108B	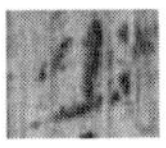 放·日乙 242								
	 龍·142									
	 周·313	 周·369								
公	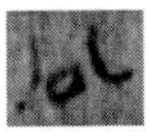 里 5.5	 里 8.60	 里 8.63	 里 8.1430						50
	 嶽一·34 質 7	 嶽二·數 123	 嶽三·癸 7	 嶽三·芮 62	 嶽三·芮 84	 嶽三·學 216	 嶽四·律壹 143			
	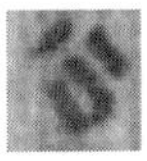 睡·葉 23	 睡·語 9	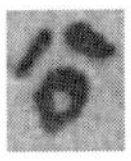 睡·秦種 7	 睡·秦種 77	 睡·效 39	 睡·效 40				

	 放·日甲18	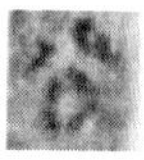 放·日乙18	 放·志3						
	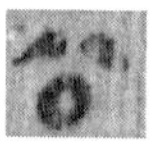 周·49	 周·297							
牛	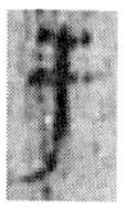 里8.62	 里8.102	 里8.461						51
	 嶽一·為吏21	 嶽四·律壹147	 嶽五·律貳35	 嶽五·律貳290					
	 睡·秦種11	 睡·秦種16	 睡·秦種20	 睡·秦種73	 睡·效57	 睡·法47			
	 放·日甲31	 放·日乙22							
	 龍·58	 龍·103	 龍·111						
	 周·317	 周·324	 周·347	 周·365					
	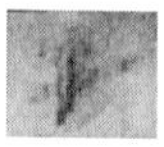 山·1								
止	 里5.4	 里8.143	 里8.1416	 里9.910					68

	 嶽一·為吏 40	 嶽二·數 179	 嶽四·律壹 49							
	 睡·語 3	 睡·語 5	 睡·秦種 11	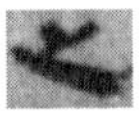 睡·秦種 46	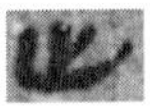 睡·秦種 51	 睡·秦種 74	 睡·法 1	 睡·法 126	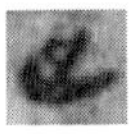 睡·日甲 130	
	 放·日乙 175									
	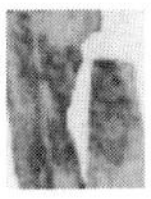 龍·2									
	 周·328	 周·365								
廿	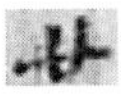 里 6.1	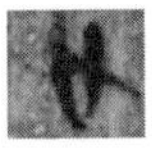 里 8.39	 里 8.779							89
	 嶽二·數 21	 嶽二·數 27	 嶽二·數 135							
	 睡·葉 25	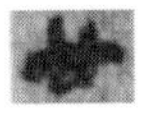 睡·葉 33	 睡·效 8							
	 龍·40	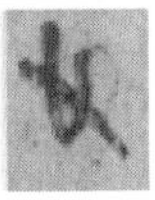 龍·41	 龍·186							
	 周·134									
卅	 里 6.1	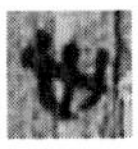 里 8.7	 里 8.39	 里 8.887	 里 8.1814					90
	 嶽一·34 質 1 背	 嶽一·34 質 64								

	 睡·葉35	 睡·秦種14	 睡·秦種95	 睡·秦種143						
	 周·136									
父	 里8.26	 里8.850	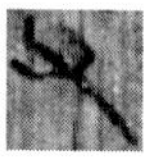 里8.2257							116
	 嶽一·為吏85	 嶽一·占夢46	 嶽五·律貳1							
	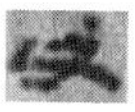 睡·法20	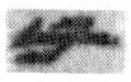 睡·法78	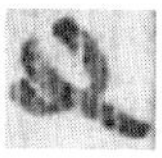 睡·為19	 睡·為46						
	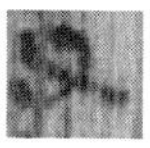 放·日乙109									
	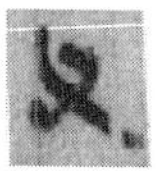 周·347	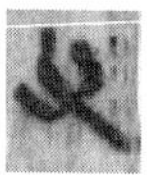 周·349								
夬	 里8.144	 里8.1564								116
	 嶽一·為吏42	 嶽三·癸14	 嶽三·田199							
	 睡·秦種157	 睡·秦雜27	 睡·法80	 睡·為44	 睡·日乙197					

	龍·202									
及	里8.102	里8.122	里8.130	里8.584	里8.815	里9.844				116
	嶽一·為吏52	嶽一·占夢9	嶽一·占夢34	嶽三·癸23	嶽三·猩55	嶽四·律壹17	嶽四·律壹330	嶽五·律貳14	嶽五·律貳33	
	睡·語1	睡·秦種5	睡·秦種84	睡·秦種172	睡·效22	睡·秦雜2	睡·秦雜42			
	青·16									
	放·日甲20	放·日甲21	放·日甲41	放·日乙52	放·日乙271	放·日乙350				
	龍·5	龍·6A	龍·12	龍·15A	龍·38	龍·137	龍·199			
	山·2									
反	里8.478	里9.23								117
	嶽二·數119	嶽三·綰243	嶽四·律壹383	嶽五·律貳30	嶽五·律貳93					

	 睡·法20	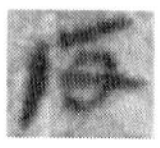 睡·日甲64	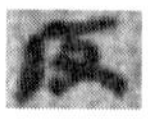 睡·日甲66							
	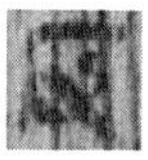 放·日乙128									
	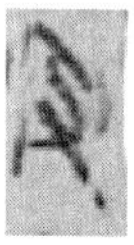 龍·175									
友	 嶽一·為吏85									117
	 放·日乙273									
攴	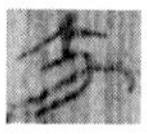 里8.682									118
	 嶽一·為吏15	 嶽二·數177	 嶽三·學217							
	 睡·法75	 睡·法208								
	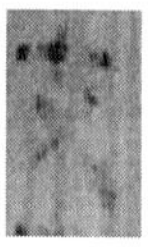 放·日乙294	 放·志4								
殳	 里9.2900									119

	 睡・效45	 睡・為23								
	 放・日乙283	 放・日乙321								
予	 里6.7	 里8.36	 里8.583	 里8.757	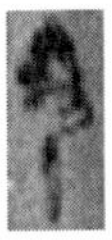 里8.1554	 里9.982				161
	 嶽四・律壹114	 嶽四・律壹129	 嶽四・律壹202	 嶽四・律壹308	 嶽四・律壹309	 嶽五・律貳3	 嶽五・律貳6	 嶽五・律貳42	 嶽五・律貳250	
	 龍・177									
	 周・330									
互	 嶽二・數71									197
曰	 里8.140	 里8.154								204
	 嶽一・為吏30	 嶽二・數16	 嶽三・癸2	 嶽三・尸36	 嶽三・芮63					

	 睡・秦種185	 睡・秦雜35								
丹	 里8.453	 里8.1070								218
	 睡・秦種102	 睡・為36								
	 放・日乙117	 放・志2								
	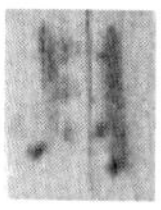 周・377									
井	 里8.244									218
	 嶽一・占夢29	 嶽一・占夢38	 嶽四・律壹109							
	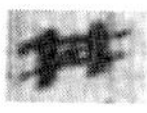 睡・日甲4	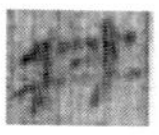 睡・日甲38	 睡・日甲149背							
	 放・日乙136									
	 周・2	 周・229	 周・340							

今	里 8.141	里 8.441	里 8.757	里 8.771	里 9.8					225
	嶽二·數 11	嶽二·數 29	嶽二·數 32	嶽二·數 148	嶽三·猩 56	嶽五·律貳 12				
	睡·語 7	睡·法 23	睡·法 136							
	放·日甲 67									
	周·244	周·368								
內	里 8.64	里 8.105	里 8.561	里 8.633	里 8.1783	里 9.27	里 9.239			226
	嶽一·為吏 75	嶽一·占夢 11	嶽三·學 227	嶽四·律壹 300	嶽四·律壹 327					
	睡·秦種 87	睡·秦種 93	睡·秦種 190	睡·法 65	睡·法 140	睡·封 39	睡·封 74	睡·日甲 150 背		
	青·16									
	放·日甲 34									

木	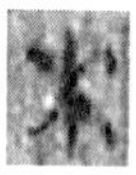 里 6.25	 里 8.455	 里 8.581	 里 8.837	 里 9.1168					241
	 嶽一・占夢 6	 嶽五・律貳 37	 嶽五・律貳 58							
	 睡・秦種 10									
	 放・日甲 35									
	 周・301	 周・302								
	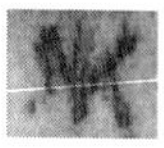 山・1									
巿	 睡・日甲 18 背									275
之	 里 5.1	 里 8.2161	 里 8.60	 里 8.570	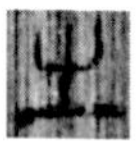 里 8.775	 里 8.2088	 里 6.30	 里 8.678	 里 8.172	275
	 里 9.2	 里 9.7 背	 里 9.8	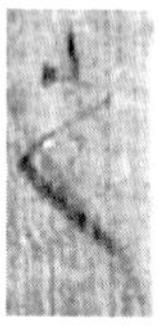 里 9.343						

	嶽一·34質19	嶽一·為吏87	嶽二·數184	嶽二·數214	嶽一·為吏63	嶽一·占夢23	嶽三·同148	嶽三·綰242	嶽三·癸1	
	嶽三·芮62	嶽四·律壹48	嶽四·律壹174	嶽四·律壹202	嶽五·律貳1	嶽五·律貳3				
	睡·語14	睡·秦種5	睡·秦種23	睡·秦種42	睡·秦種130	睡·秦種135	睡·秦雜10	睡·法141	睡·為21	
	青·16									
	放·日甲2	放·日甲67	放·日乙8							
	龍·8	龍·21	龍·73							
	周·193	周·312	周·316	周·369	周·372	周·377				
	山·2	山·2								
日	里8.62	里8.621	里8.656	里5.1	里8.62	里8.197	里8.498	里8.654		305
	嶽一·27質1	嶽一·占夢3	嶽二·數143	嶽三·芮77						

	 睡・秦種 11	 睡・秦種 46	 睡・秦種 105	 睡・秦種 74	 睡・秦雜 35	 睡·法 4	 睡・日甲背			
	 青・16									
	 放・日甲 18	 放・日甲 21	 放・日甲 43							
	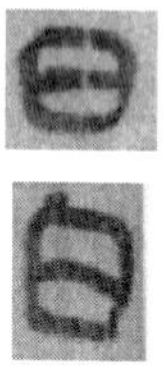 周・132	 周・326								
	 山・1	 山・1	 山・2							
月	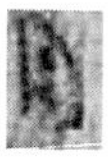 里 5.1	 里 5.22	 里 6.8	 里 8.27	 里 8.170	 里 8.1777	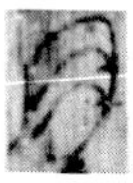 里 9.858	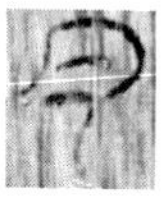 里 9.2312		316
	 嶽一・27 質 2	 嶽一・35 質 1	 嶽四·律壹 122							
	 睡・葉 45	 睡·語 1	 睡・秦種 7	 睡・秦種 18	 睡・秦種 11	 睡・秦種 46	 睡・秦種 90	 睡・秦種 128		
	 青・16									
	 放・日甲 3	 放・日甲 4	 放・日甲 5	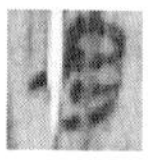 放・日甲 43						

	 周・1	 周・59	 周・154	 周・373						
	 山・1									
凶	 放・日甲44	 放・日乙247								337
	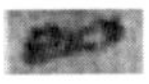 睡・日甲5	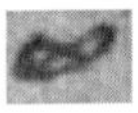 睡・日甲13								
	 周・203	 周・219								
冗	 嶽三・猩48	 嶽三・猩55	 嶽四・律壹17	 嶽四・律壹152						343
	 睡・秦種54	 睡・效52	 睡・秦雜35							
仁	 里9.2	 里9.1935								369
	 嶽三・田191	 嶽三・田199	 嶽四・律壹29	 嶽五・律貳1						
	 睡・秦種95	 睡・秦種184	 睡・法63	 睡・為36						

什	 里8.439									377
	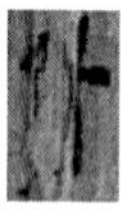 嶽三・尸37									
	 睡・秦雜36									
比	 里8.1047									390
	 嶽一・為吏51	 嶽四・律壹288	 嶽四・律壹342	 嶽五・律貳14	 嶽五・律貳15					
	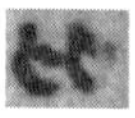 睡・秦種21	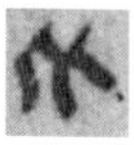 睡・效27	 睡・秦雜22	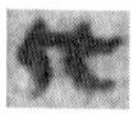 睡・法75	 睡・法87	 睡・法88				
	 放・日乙260									
毛	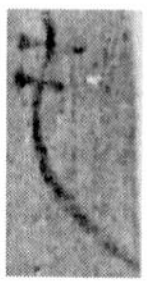 里8.835	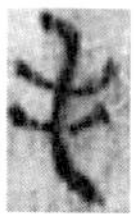 里8.1529	 里9.2035							402
	 嶽一・為吏17									
	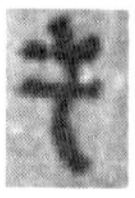 睡・日甲162背									

尺	里8.135	里8.455	里8.550							406
	嶽二·數19	嶽二·數29	嶽二·數189	嶽二·數193	嶽三·芮85	嶽四·律壹127	嶽四·律壹348			
	睡·秦種51	睡·秦種61	睡·秦種66	睡·秦雜9	睡·法6	睡·法67				
	青·16									
	龍·140									
方	里8.876									408
	嶽二·數143	嶽二·數197	嶽三·芮75	嶽三·芮76	嶽三·芮78	嶽三·芮81	嶽五·律貳118			
	睡·語4	睡·秦種131	睡·法88	睡·為14	睡·日甲69					
	放·日甲22	放·日甲23	放·日甲26	放·日乙55	放·日乙58					
	周·243	周·266	周·326	周·329	周·362					

文	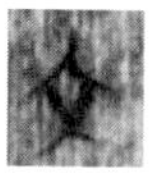 里 8.4	 里 8.44	 里 8.624	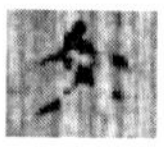 里 9.577						429
	 嶽三·猩 44	 嶽三·綰 243								
	 睡·法 162									
厄	 里 8.361	 里 8.1237	 里 9.2058							435
	 睡·法 179									
勿	 里 6.4	 里 8.248	 里 8.526	 里 8.2027 背						458
	 嶽一·為吏 1	 嶽一·為吏 57	 嶽三·芮 76	 嶽三·學 217	 嶽四·律壹 218	 嶽五·律貳 33	 嶽五·律貳 43			
	 睡·秦種 27	 睡·秦種 6	 睡·秦種 10	 睡·秦種 122	 睡·效 45	 睡·秦雜 38	 睡·法 106	 睡·封 2		
	 龍·23	 龍·67A								
	 山·1	 山·1								

犬	 里8.461	 里8.950								477
	 嶽一·占夢42									
	 睡·秦種6	 睡·秦種7	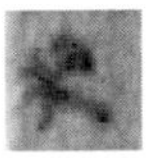 睡·日甲74							
	 放·日甲40	 放·日甲72	 放·志4							
	 龍·82A	 龍·111								
	 山·2	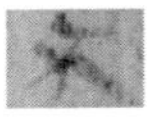 山·1								
火	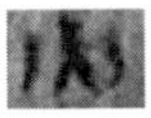 里8.645									484
	 嶽一·為吏2									
	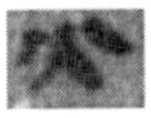 睡·秦種196	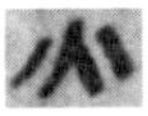 睡·法159	 睡·日乙79							
	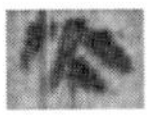 放·日乙73	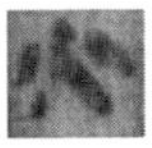 放·日乙244								

	 龍・71									
	 周・259	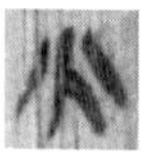 周・299	 周・317							
	 山・1	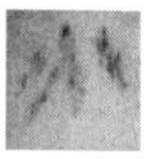 山・2								
天	 放・日甲24	 放・日乙264	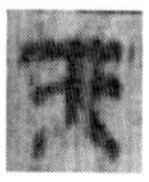 放・日乙283	 放・日乙350						498
	 睡・日甲108背	 睡・日甲135背								
亢	 放・日乙167									501
	 睡・日乙97	 睡・日乙129								
	 周・132	 周・189								
夫	 里5.1	 里8.34	 里8.1236	 里8.297	 里8.568					504
	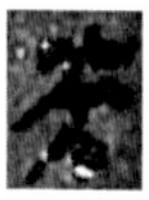 嶽一・為吏9	 嶽一・占夢10	 嶽一・占夢16	 嶽四・律壹44	 嶽四・律壹140	 嶽五・律貳1	 嶽五・律貳2			

	 睡・秦種 72	 睡・秦種 83	 睡・秦種 162	 睡・效 40	 睡・效 56	 睡・秦雜 21	 睡・法 15			
	 放・日甲 13	 放・日甲 15	 放・日甲 28	 放・日乙 61						
	 龍・39	 龍・138A								
	 周・350									
心	 里 8.678 背	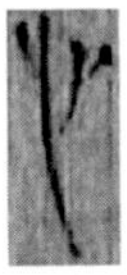 里 8.1221	 里 8.2088	 里 9.617	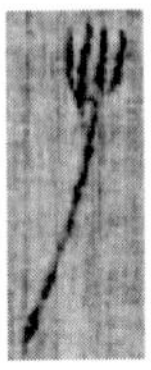 里 9.809	 里 9.1424				506
	 嶽一・為吏 47	 嶽一・為吏 78	 嶽一・占夢 6	 嶽三・猩 169	 嶽三・學 225					
	 睡・語 5	 睡・語 9	 睡・法 52	 睡・日甲 80 背	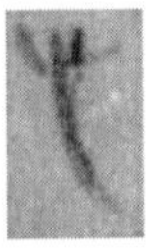 睡・日甲 84 背	 睡・日甲 147	 睡・日甲 105	 睡・日甲 106		
	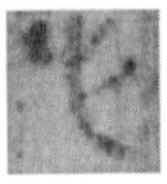 放・日乙 55	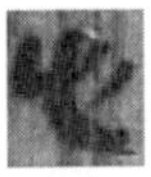 放・日乙 169								
	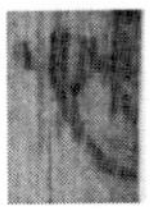 周・135	 周・337	 周・345							

水	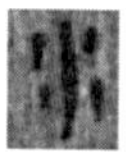 里 5.22	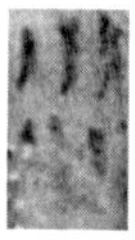 里 8.608	 里 8.688 背							521
	 嶽一·為吏 22	 嶽三·猩 57	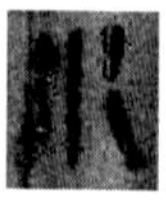 嶽四·律壹 170							
	 睡·秦種 4	 睡·秦種 115	 睡·法 121	 睡·日乙 79	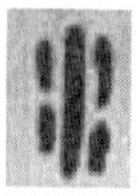 睡·日乙 87	 睡·日甲 4	 睡·日甲 151 背			
	 放·日甲 19	 放·日乙 158	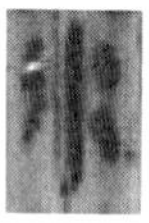 放·日乙 192	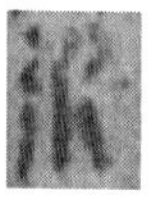 放·日乙 244	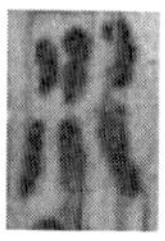 放·日乙 259+245					
	 龍·50									
	 周·302	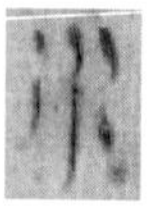 周·341	 周·344	 周·369						
	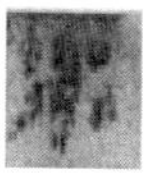 山·1									
云	 里 8.128	 里 8.754								580
	 嶽一·為吏 68	 嶽三·田 202								
	 睡·法 20	 睡·封 13	 睡·日甲 122							

不	里 5.6	里 6.10	里 8.708 背	里 8.140	里 8.12 36	里 8.22 73	里 9.1	里 9.3		590
	嶽一·34 質 22	嶽一·為吏 19	嶽一·占夢 40	嶽二·數 15	嶽二·數 209	嶽三·芮 65	嶽四·律壹 205			
	睡·語 1	睡·語 6	睡·語 10	睡·秦種 5	睡·秦種 126	睡·效 12	睡·效 43	睡·秦雜 4	睡·秦雜 34	
	青·16									
	放·日甲 13	放·日乙 14	放·日乙 69	放·日乙 118						
	龍·12	龍·160	龍(木)·13							
	周·187	周·188								
	山·1	山·1	山·1	山·1						
戶	里 8.1	里 8.65 背	里 8.237	里 8.863	里 8.19	里 8.17 16				592
	嶽一·27 質 31	嶽一·占夢 38	嶽四·律壹 152	嶽五·律貳 202						

	 睡・秦種 22	 睡・秦種 169	 睡・效 27	 睡・效 57	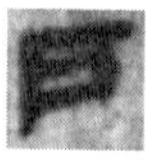 睡・秦雜 33	 睡・為 9				
	 周・354									
孔	 里 9.552	 里 9.3292								590
	 睡・日甲 98 背									
手	 里 8.66	 里 8.76	 里 8.137 背	 里 8.212						599
	 嶽一・占夢 20	 嶽三・癸 30								
	 睡・封 87	 睡・日甲 98 背								
	 青・16									
	 周・324	 周・340								

毋	 里 8.8	 里 8.64	 里 8.103	 里 8.1033	 里 9.1177					632
	 嶽一·為吏 19	 嶽一·為吏 42	 嶽三·尸 37	 嶽三·芮 68	 嶽三·魏154	 嶽五·律貳 1				
	 睡·語 5	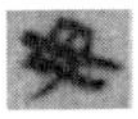 睡·語 11	 睡·秦種 6	 睡·秦種 74	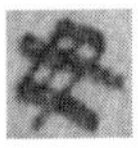 睡·秦雜 31	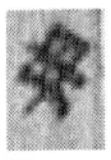 睡·日甲 132				
	 放·日甲 19	 放·日甲 67	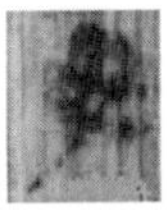 放·日乙 15							
	 龍·2	 龍·28	 龍·103	 龍·34A						
	 山·2	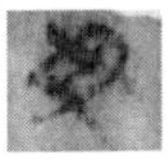 山·2	 山·2							
戈	 里 5.5 背									634
	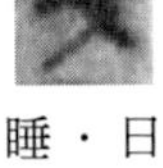 睡·日甲 47	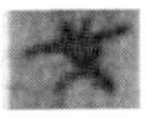 睡·日甲 49								
氏	 睡·葉 25									634
	 青·16									
	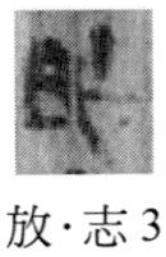 放·志 3									

	 周·142									
无	 睡·為43									640
	 放·日乙277									
匹	 睡·法158	 睡·封21								641
瓦	 里8.135									644
引	 嶽一·占夢26									646
	 睡·秦雜8									
	 放·日乙106									
	 周·244									
斤	 里5.31	 里8.218	 里8.581	 里8.882	 里8.1433	 里8.1433背	 里9.1164			723

	 嶽二·數 1	 嶽二·數 28	 嶽二·數 158	 嶽四·律壹 118						
	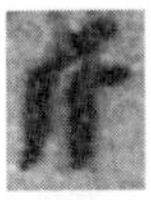  睡·秦種 91	 睡·效 6	 睡·封 82							
斗	 里 6.12	 里 8.28	 里 8.63	 里 8.824	 里 8.924					724
	 嶽一·為吏 19	 嶽二·數 40	 嶽二·數 41	 嶽二·數 115	 嶽四·律壹 171	 嶽四·律壹 389				
	 睡·秦種 43	 睡·秦種 74	 睡·秦種 180	 睡·效 5						
	 放·日乙 170+325									
	 龍·192									
	 周·138	 周·187	 周·189							
升	 里 8.125	 里 8.172 背	 里 8.217							726

	 嶽二·數 3	 嶽二·數 41								
	 睡·秦種 179	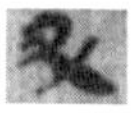 睡·秦種 181	 睡·效 5	 睡·效 4	 睡·日甲 122 背					
	 周·313	 周·315								
五	 里 5.18	 里 6.1	 里 8.71	 里 8.734 背	 里 8.1332	 里 6.12	 里 8.34	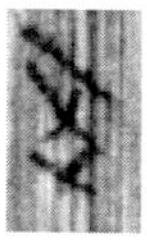 里 9.1121		745
	 嶽一·34 質 30	 嶽一·為吏 27	 嶽三·尸 40	 嶽三·芮 74	 嶽二·數 32	 嶽二·數 208	 嶽二·數 216			
	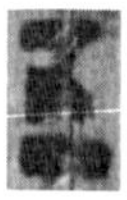 睡·葉 32	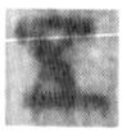 睡·秦種 52	 睡·秦種 66	 睡·秦雜 9	 睡·封 91	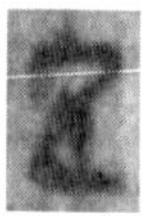 睡·日甲 94				
	 放·日甲 22	 放·日甲 73	 放·日乙 55							
	 龍·98									
	 周·134									
	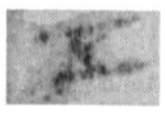 山·2	 山·2								

六	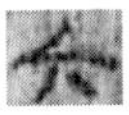 里 5.18	 里 8.60 背	 里 8.358	 里 9.3276						745
	 嶽一·27 質 2	 嶽一·34 質 1	 嶽二·數 26	 嶽二·數 54	 嶽三·癸 22	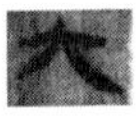 嶽三·綰 242	 嶽五·律貳 30			
	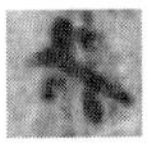 睡·葉 6	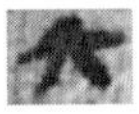 睡·秦種 51	 睡·效 3	 睡·法 6						
	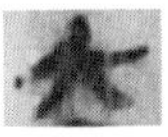 放·日甲 6	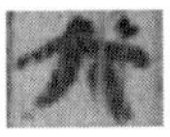 放·日乙 56								
	 龍·14A									
	 周·77	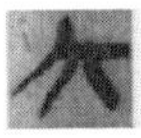 周·136	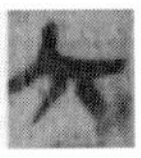 周·154							
	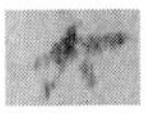 山·1	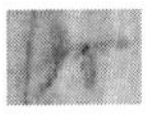 山·2								
巴	 里 8.61	 里 8.207	 里 8.2316	 里 9.2305						748
	 嶽五·律貳 14	 嶽五·律貳 33	 嶽五·律貳 83	 嶽五·律貳 309						
壬	 里 8.45	 里 8.133	 里 8.457	 里 8.2141	 里 8.196					749
	 嶽一·27 質 35	 嶽一·34 質 60	 嶽一·35 質 10	 嶽三·尸 31						

	放·日甲29	放·日甲69	放·日乙316	放·日乙51						
	周·5	周·6	周·135	周·302						
	山·1	山·1	山·2	山·2						
丑	里8.27	里8.44	里8.464	里8.715背	里8.2023					751
	嶽一·27質16	嶽一·34質53	嶽一·27質5	嶽一·34質19	嶽一·35質42	嶽三·芮64				
	睡·葉19	睡·日甲33背								
	放·日甲1	放·日甲6	放·日甲55	放·日甲31	放·日乙3	放·日乙55				
	周·6	周·7								
	山·1									
午	里8.96	里8.137	里8.157	里8.520						753
	嶽一·27質17	嶽一·34質23	嶽一·34質58	嶽三·猩61	嶽三·多88	嶽四·律壹171				

	 睡・為22	 睡・日甲98背	 睡・日甲159背						
	 放・日甲2	 放・日甲6	 放・日乙3						
	 周・1	 周・2	 周・368						
	 山・1								
	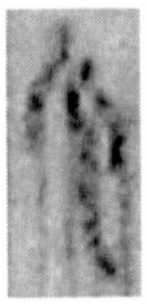 里8.1225								
亓	 嶽一・占夢3	 嶽一・占夢8							

五畫

	字例									頁碼
示	里 5.33									2
玉	睡・法140	睡・法203								10
	山・1									
必	里 8.138									50
	嶽一・為吏 79	嶽一・為吏 63	嶽一・為吏 81	嶽一・占夢 23	嶽一・占夢 40	嶽四・律壹 10	嶽五・律貳 53			
	睡・秦種 104	睡・秦種 188	睡・秦種 201	睡・效32	睡・法80	睡・為 2	睡・為40	睡・日甲 2	睡・日甲 26 背	
	睡・日甲 86	睡・日甲156 背	睡・日甲165 背	睡・日乙 17	睡・日乙 42	睡・日乙 130	睡・日乙 150			
	放・日甲 18	放・日甲 24	放・日乙 3	放・日乙 19						
	龍・3	龍・220								
	周・219	周・369								
	山・2	山・2								

半	 里 6.1	 里 5.29	 里 6.12	 里 8.135 背	 里 8.275	 里 8.626	 里 8.824			50
	 嶽一・占夢 5	 嶽二・數 5	 嶽二・數 54	 嶽二・數 57						
	 睡・秦種 50	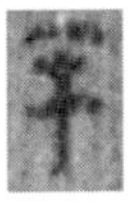 睡・秦種 51	 睡・秦種 180	 睡・效 5						
	 放・日乙 295									
	 龍・164									
	 周・204	 周・313								
召	 里 8.4									57
	 嶽一・34 質 34									
	 睡・封 92	 睡・封 93	 睡・日甲 30 背	 睡・日甲 142 背	 睡・日甲 143 背					

台	 放・日乙 356									58
	 睡・日甲 26	 睡・日甲 112								
右	 里 8.462									59
	 嶽一・34 質 10	 嶽四・律壹 30								
	 睡・秦雜 23	 睡・法 52	 睡・日甲 100							
	 放・日乙 333									
	 周・244									
乏	 里 8.1222	 里 8.1716	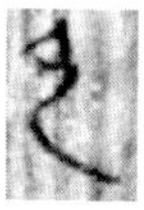 里 9.721	 里 9.2079						70
	 嶽四・律壹 238									
	 睡・秦種 115	 睡・法 164								

正	 里8.157背	 里8.214	 里8.651	 里8.668						70
	 嶽一·34質30	 嶽一·為吏81	 嶽一·為吏86							
	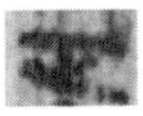 睡·葉3	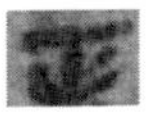 睡·秦種13	 睡·效3	 睡·效5	 睡·日甲32					
	 青·16									
	 放·日甲1	 放·日乙56	 放·日乙166							
	 龍·116									
	 周·143	 周·244								
	 山·2									
只	 放·日乙128									88
句	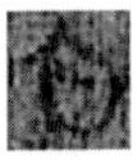 里8.171	 里9.491								88
	 睡·為51									

古	里 6.10	里 9.572								89
	睡·語 1	睡·法 193	睡·日甲 112							
	放·日乙 244									
世	嶽一·為吏 80									90
冊	里 6.1									90
	嶽二·數 11									
	睡·葉 40	睡·秦種 95								
	放·日乙 190									
	龍·27									
史	里 6.4	里 8.105	里 8.197	里 8.911	里 8.987	里 8.138 背	里 9.1294	里 9.1900		117
	嶽一·34 質 8	嶽一·34 質 10	嶽一·34 質 33	嶽三·癸 14	嶽三·芮 65	嶽四·律壹 115	嶽四·律壹 187	嶽四·律壹 308	嶽四·律壹 342	

	 睡・葉13	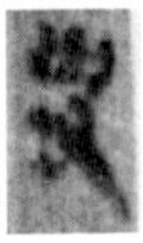 睡・葉14	 睡・秦種28	 睡・秦種72	 睡・秦種172	 睡・秦雜10				
	 青・16									
	 放・志3									
	 龍・152									
	 周・28	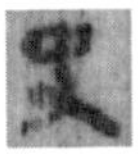 周・48	 周・366							
皮	 里9.907									123
	 睡・秦種7	 睡・效42	 睡・秦雜16	 睡・為17	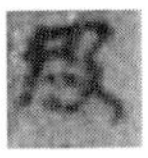 睡・日甲119背					
	 龍・83	 龍・85								
占	 里8.550	 里8.1554								128
	 嶽一・占夢8	 嶽一・占夢28	 嶽一・占夢34	 嶽四・律壹204						

	 睡·葉23	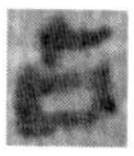 睡·秦雜32	 睡·封11							
	 放·日乙322	 放·日乙360A+162B								
	 周·187	 周·189	 周·190	 周·191						
用	 里8.139背	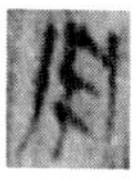 里8.288	 里8.2006							129
	 嶽二·數158	 嶽三·芮83	 嶽三·芮75	 嶽三·學232						
	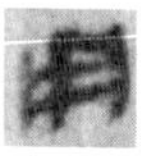 睡·語3	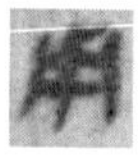 睡·秦種88	 睡·秦種125	 睡·秦雜24	 睡·法25	 睡·為21				
	 放·志4									
	 龍·85	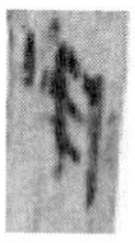 龍·214								
	 周·309	 周·369								
	 山·2									

目	 里 8.112	 里 8.1998								131
	 睡・語 11	 睡・為 39								
	 放・日甲 34	 放・日甲 35	 放・日甲 41	 放・日乙 224						
	 周・368									
幼	 睡・日甲 117 背									160
玄	 嶽一・占夢 13									161
	 睡・日甲 47	 睡・日甲 49								
肊	 里 8.720									171
左	  里 8.63	 里 8.685								202
	 嶽二・數 17	 嶽四・律壹 30	 嶽四・律壹 49	 嶽五・律貳 11						

	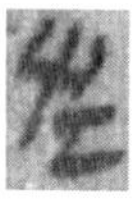 睡·秦雜 23	 睡·法 1	 睡·法 126	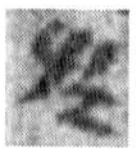 睡·日甲 100						
	 放·日乙 24	 放·日乙 333								
	 龍·2									
	 周·58	 周·243	 周·263	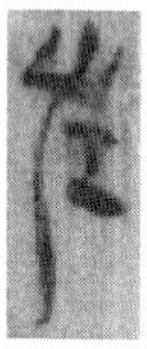 周·340	 周·341					
巨	 嶽二·數 204	 嶽四·律壹 309	 嶽五·律貳 29							203
	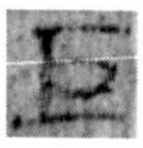 里 8.711 背	 里 8.2035								
	 睡·語 5									
	 龍·96									
巧	 里 8.1423									203
	 嶽五·律貳 5	 嶽五·律貳 19								

	 睡・秦種 113	 睡・日甲 70	 睡・日甲 154							
甘	 里 8.1057	 里 8.1443								204
	 嶽一・為吏 5	 嶽一・為吏 54								
可	 里 6.39	 里 8.269	 里 8.310	 里 8.2088						206
	 嶽一・為吏 87	 嶽二・數 4	 嶽三・猩 57	 嶽三・芮 82	 嶽四・律壹 132					
	 睡・語 13	 睡・秦種 30	 睡・秦種 113	 睡・秦種 164	 睡・效 24	 睡・秦雜 24	 睡・法 10	 睡・法 11	 睡・為 41	
	 睡・日甲 30 背									
	 青・16									
	 放・日甲 13	 放・日甲 14	 放・日甲 19	 放・日甲 21	 放・日乙 21					
	 龍・252									

	周・265	周・331								
	山・1									
平	里 5.1	里 8.26	里 8.987	里 8.1030	里 8.1031					207
	嶽一・35 質 1	嶽一・35 質 13	嶽二・數 213							
	睡・秦種 175	睡・秦種 35	睡・為 13	睡・日甲 7						
	放・日甲 6	放・日甲 7	放・日乙 4	放・日乙 16	放・日乙 179					
	龍・141A									
	周・24	周・243	周(木)・1 背							
去	里 8.74	里 8.159	里 8.455	里 8.1094						215
	嶽一・34 質 5	嶽一・為吏 55	嶽三・猩 48	嶽三・芮 77	嶽三・綰 242					

	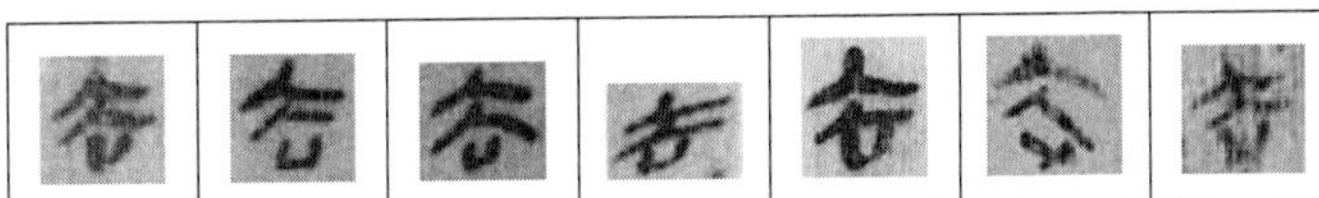 睡・秦種163	睡・效20	睡・效21	睡・法12	睡・封69	睡・日甲40背	睡・日甲144			
	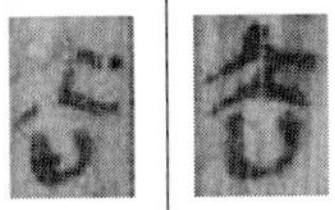 放・日乙299	放・志5								
	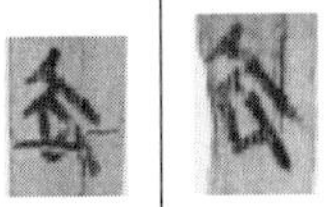 龍・27	龍・28								
	 周・13	周・315	周・329							
主	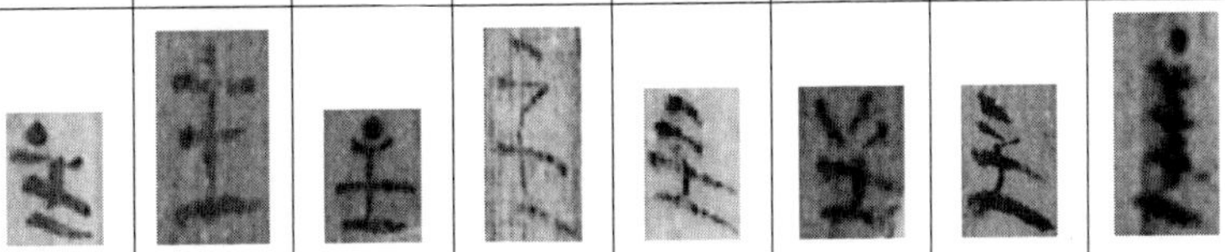 里8.140	里8.266	里8.297	里8.1607	里8.1930	里8.224	里8.303	里8.480		216
	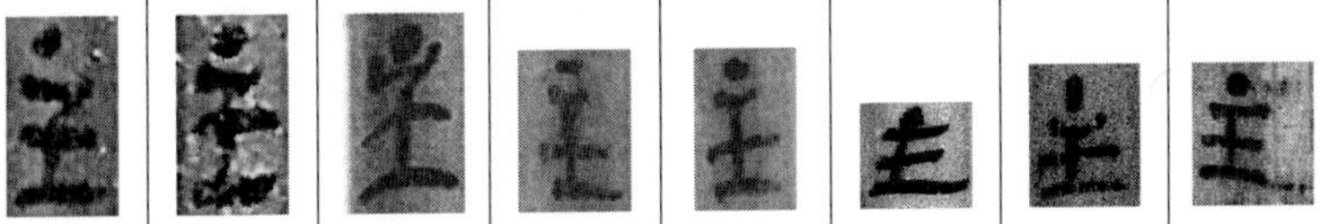 嶽一・為吏40	嶽一・為吏67	嶽三・芮64	嶽三・學215	嶽三・學217	嶽四・律壹13	嶽四・律壹202	嶽五・律貳24		
	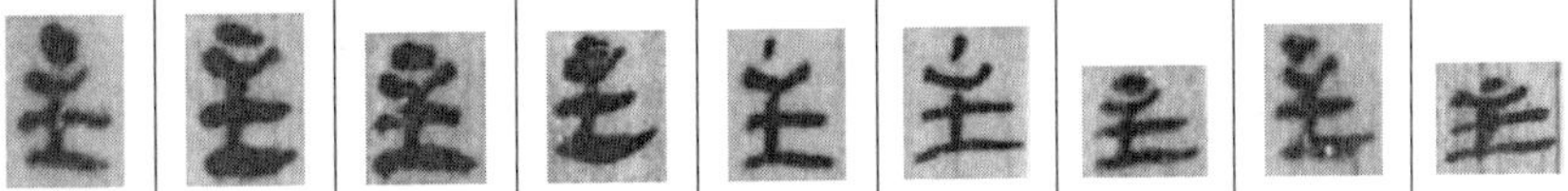 睡・語6	睡・秦種116	睡・秦種149	睡・秦種172	睡・效32	睡・效51	睡・秦雜41	睡・秦種14	睡・法5	
	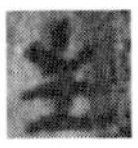 睡・封43									
	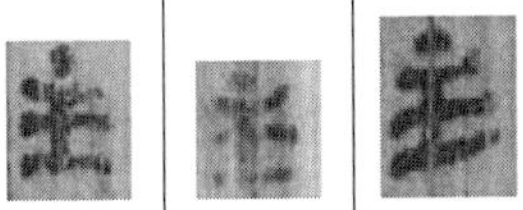 放・日乙5	放・日乙197	放・日乙356							
	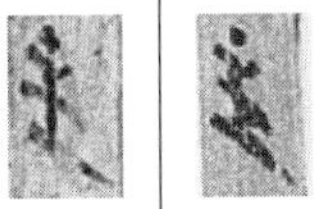 龍・152	龍・162								

	 周・297	 周・299								
矢	 里 8.26	 里 8.159	 里 9.124							228
	 嶽四・律壹 306									
	 睡・封 26	 睡・為 18	 睡・日甲 46 背	 睡・日甲 49 背	 睡・日甲 137 背	 睡・日甲 143 背				
	 放・日甲 41	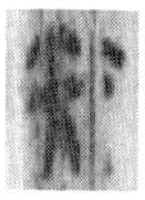 放・日乙 327B								
	 龍・17	 龍・92								
	 周・313	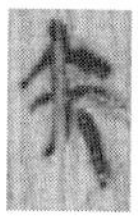 周・321	 周・324							
市	 里 6.14	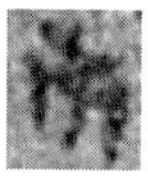 里 8.145	 里 8.454	 里 9.804						230
	 嶽一・為吏 61	 嶽二・數 202	 嶽三・芮 64	 嶽三・魏167	 嶽四・律壹 128					
	 睡・秦	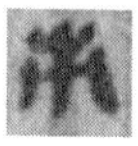 睡・秦	 睡・法	 睡・日						

	種 65	雜 11	71	甲 120						
	 放・日乙 22	 放・日乙 242								
	 龍・17  周・190	 周・192								
	 山・1									
央	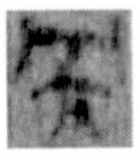 里 8.780	 里 8.1259	 里 9.18	 里 9.2289						230
	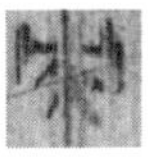 睡・封 78	 睡・日甲 75 背	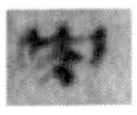 睡・日甲 129	 睡・日乙 134	 睡・日乙 207					
	 放・日乙 163									
末	 里 8.355	 里 8.1620								251
本	 里 8.355									251
	 睡・秦種 38	 睡・封 53	 睡・為 47							

	 周·315									
仗	 里 8.801	 里 9.819								266
	 嶽四·律壹 168									
	 睡·秦種 147									
札	 里 8.999	 里 9.569								268
	 睡·效 41									
出	 里 6.5	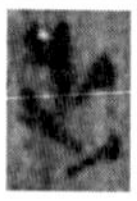 里 8.211	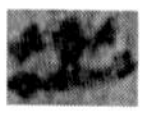 里 8.518	 里 8.2246	 里 8.500	 里 8.1201				275
	 嶽一·為吏 67	 嶽一·占夢 18	 嶽三·猩 57	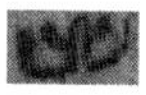 嶽三·魏163	 嶽五·律貳 36					
	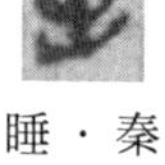 睡·秦種 19	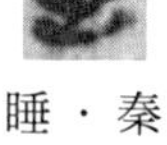 睡·秦種 22	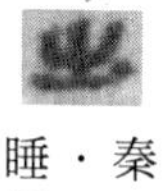 睡·秦種 171	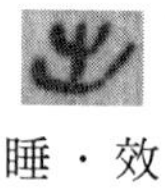 睡·效 29	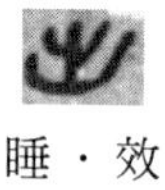 睡·效 58	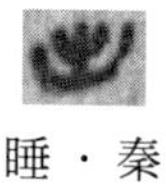 睡·秦雜 26	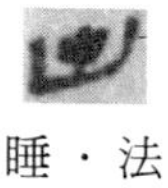 睡·法 48	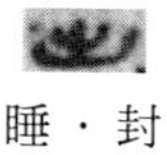 睡·封 57	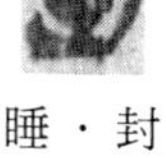 睡·封 69	
	 放·日甲 16	 放·日甲 36	 放·日乙 69	 放·日乙 102	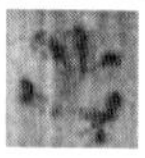 放·志 3					
	 龍·2	 龍·20	 龍·68							

	 周・316	 周・350								
生	 嶽一・占夢 22									276
	 睡・秦種 1	 睡・秦種 74	 睡・法 121	 睡・日甲 2	 睡・日甲 42	 睡・日甲 78	 睡・日甲 147			
	 放・日甲 13	 放・日甲 16	 放・日乙 14	 放・日乙 22	 放・日乙 76					
	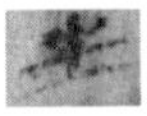 山・1									
囚	 里 8.28	 里 8.141	 里 8.663	 里 9.338						281
	 嶽一・占夢 20									
	 睡・秦種 60	 睡・秦種 90	 睡・法 93	 睡・日甲 143						
	 放・日乙 128	 放・日乙 257	 放・日乙 258A+371							
	 周・299									
旦	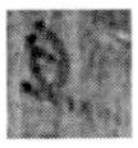 里 8.63 背	 里 8.141 背	 里 8.461	 里 9.484 背						311

	 嶽三・多94	 嶽三・魏152	 嶽五・律貳8	 嶽五・律貳10	 嶽五・律貳16					
	 睡・秦種55	 睡・秦種57	 睡・秦雜19	 睡・法3	 睡・法6	 睡・日甲96背				
	 放・日甲16	 放・日甲17	 放・日乙55	 放・日乙179						
	 龍・18	 龍・42A	 龍（木）・13							
	 周・243									
外	 里8.430	 里8.769								318
	 嶽一・占夢33	 嶽四・律壹53	 嶽四・律壹199	 嶽五・律貳46	 嶽五・律貳170					
	 睡・秦種147	 睡・法129	 睡・封78	 睡・為13						
	 放・日甲20	 放・日甲34	 放・日乙62	 放・日乙319						
	 龍・39	 龍・52	 龍・53							

夗	 里 8.16 19									318
禾	 里 8.734 背	 里 8.776	 里 8.12 45							323
	 嶽一・為吏 63	 嶽二・數 9	 嶽二・數 175	 嶽四・律壹 313						
	 睡・秦種 27	 睡・秦種 164	 睡・效 24	 睡・法 150	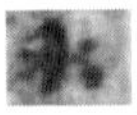 睡・日甲 23					
	 放・日甲 21	 放・日乙 154	 放・日乙 155							
	 周・349	 周・354								
朮	 周・243									325
	 嶽二・數 175	 嶽二・數 182	 嶽二・數 192							
瓜	 睡・日乙 65									340

宂	 里 8.63	 里 8.132	 里 8.666	 里 8.1089	 里 8.1275	 里 8.2106	 里 9.270	 里 9.1396	 里 9.1247	343
穴	 嶽五·律貳 322									347
	 睡·法 152	 睡·封 74								
	 放·日甲 71	 放·日甲 73	 放·日乙 65	 放·日乙 66	 放·志 3					
	 周·371									
布	 里 5.7	 里 6.18	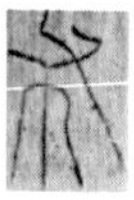 里 8.1776	 里 8.529	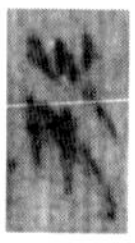 里 8.64 背	 里 8.155	 里 8.1313	 里 9.1		365
	 嶽二·數 145	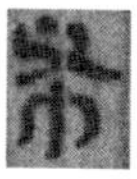 嶽三·魏152	 嶽四·律壹 118	 嶽五·律貳 7	 嶽五·律貳 28	 嶽五·律貳 264				
	 睡·語 5	 睡·語 8	 睡·秦種 65	 睡·秦種 68	 睡·法 90					
	 放·日乙 237	 放·日乙 281								

	 周・311									
白	 里8.529	 里8.773								367
	 嶽四・律壹60	 嶽五・律貳11	 嶽五・律貳27							
	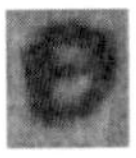 睡・秦種34	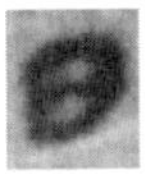 睡・秦種134	 睡・日甲111背							
	 放・志3									
	 周・188	 周・210								
付	 里6.5	 里8.29	 里8.63	 里8.561						377
	 嶽三・癸11	 嶽四・律壹36	 嶽四・律壹73							
	 睡・封11									
代	 里8.197									379

	 嶽五·律貳14									
	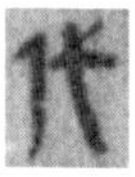 睡·秦種79	 睡·秦種162	 睡·效19	 睡·日甲40背	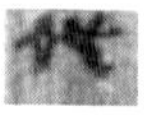 睡·日甲57	 睡·日甲158背	 睡·日乙42	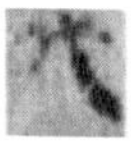 睡·日乙193		
	 周·351									
北	 里8.1517									390
	 嶽一·34質8	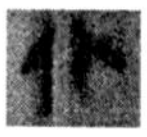 嶽四·律壹215								
	 睡·法174	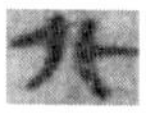 睡·封57	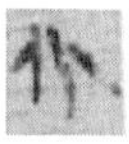 睡·日甲41背	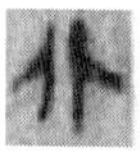 睡·日甲95背	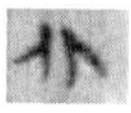 睡·日乙73A+75	 睡·日乙215				
	 放·日甲44	 放·日甲46	 放·日乙21	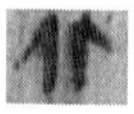 放·日乙57						
	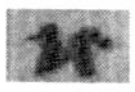 周·50	 周·52	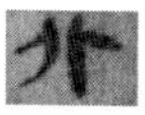 周·151	 周·362						
丘	 嶽一·占夢6									390
	 睡·封47	 睡·封49	 睡·日甲104背	 睡·日甲138背						
	 放·日乙211	 放·志4								

	 龍・35									
尼	 放・日甲 72	 放・日乙 307								404
兄	 嶽一・占夢 26	 嶽三・芮 83	 嶽五・律貳 1	 嶽五・律貳 199						410
	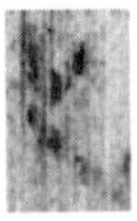 睡・封 93									
	 放・日乙 254	 放日乙 108A+107	 放・日乙 291							
司	 里 6.9	 里 8.9	 里 8.44							434
	 嶽一・占夢 36	 嶽三・魏155	 嶽四・律壹 290	 嶽五・律貳 10	 嶽五・律貳 11					
	 睡・秦種 125	 睡・秦種 182	 睡・效 55	 睡・秦雜 20	 睡・秦雜 40	 睡・法 117				
	 放・日乙 198	 放・日乙 200	 放・志 3							

	 龍·5									
	 周·365									
卮	 里8.200	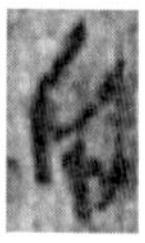 里8.2513								434
令	 里5.17	 里8.41	 里8.704	 里8.758	 里8.63	 里8.140	 里8.67	 里8.211	 里8.1819	435
	 里9.1248	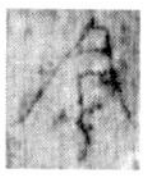 里9.1248								
	 嶽一·34質8	 嶽一·為吏86	 嶽一·為吏87	 嶽二·數33	 嶽二·數187	 嶽二·數213	 嶽三·芮76	 嶽三·學235	 嶽三·癸30	
	 嶽四·律壹22	 嶽四·律壹309	 嶽五·律貳7	 嶽五·律貳155						
	 睡·語4	 睡·語10	 睡·秦種32	 睡·效55	 睡·秦種16	 睡·秦種23	 睡·秦種31	 睡·秦種83	 睡·秦種161	
	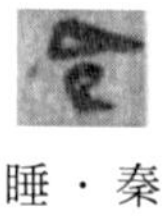 睡·秦雜9	 睡·秦雜20								

	 放·日乙106	 放·日乙284	 放·志3							
	 龍·16	 龍·53	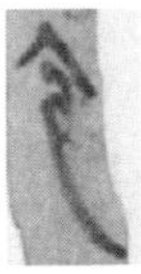 龍·67A	 龍（木）·13						
	 周·246									
包	 里9.719	 里9.982								438
	 嶽三·綰243	 嶽四·律壹72	 嶽四·律壹73							
	 睡·秦雜7	 睡·法60	 睡·法61	 睡·封48						
刊	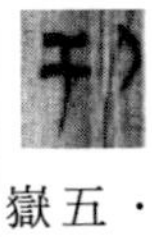 嶽五·律貳58									438
	 睡·日甲101背									
斥	 睡·語11									450
石	 里6.12	 里8.27	 里8.63	 里8.218						453

	 嶽一・為吏 84	 嶽二・數 112	 嶽四・律壹 171	 嶽四・律壹 307						
	 睡・葉 26	 睡・秦種 8	 睡・秦種 21	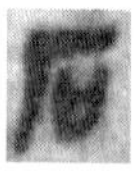 睡・秦種 164	 睡・效 3					
	 放・日甲 38									
	 龍・186	 龍・187								
冉	 里 8.157 背	 里 8.534	 里 9.502							458
犯	 里 8.1588									479
	 嶽一・為吏 45	 嶽一・為吏 58	 嶽五・律貳 1	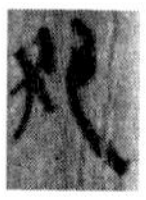 嶽五・律貳 36	 嶽五・律貳 43					
	 睡・語 5	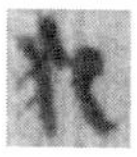 睡・秦種 191	 睡・秦雜 26	 睡・法 142	 睡・法 144	 睡・為 16				
	 放・日乙 315									
	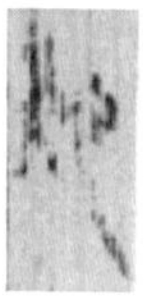 龍・138A									

犮	 放・日乙 281									480
立	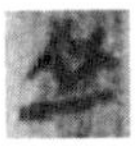 睡・葉 26	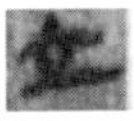 睡・秦雜 4	 睡・為 6	 睡・為 7	 睡・日甲 32	 睡・日甲 129 背	 睡・日乙 178	 睡・日乙 237		504
	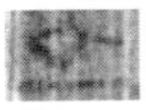 放・日乙 288	 放・日乙 350								
汜	 里 9.982									554
	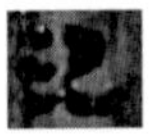 嶽一・為吏 23									
冬	 里 8.1022	 里 9.1123								576
	 嶽一・為吏 60	 嶽一・為吏 66								
	 睡・秦種 90	 睡・秦種 94	 睡・秦種 95	 睡・日甲 64	 睡・日甲 147	 睡・日乙 110				
失	 里 8.70	 里 8.522	 里 8.785	 里 9.2798	 里 9.3272					610
	 嶽一・34 質 8	 嶽一・占夢 3	 嶽一・占夢 4	 嶽四・律壹 133	 嶽五・律貳 23					

	 睡·語 3	 睡·秦種 115	 睡·法 33	 睡·為 13	 睡·為 46	 睡·日甲 121				
	 放·日甲 45	 放·日甲 47	 放·日甲 53	 放·日乙 28	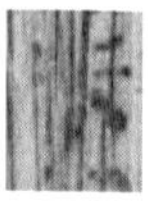 放·日乙 79					
	 龍·136	 龍·143	 龍·187	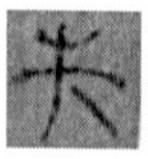 龍(木)·13						
	 周·200	 周·245								
母	 里 8.925									620
	 嶽二·數 84	 嶽三·芮 78	 嶽五·律貳 1							
	 睡·秦種 50	 睡·秦種 155	 睡·法 21	 睡·日甲 164 背	 睡·日乙 180					
	 周·327	 周·372								
奴	 里 5.18	 里 8.404	 里 8.1287							622
	 嶽一·為吏 12	 嶽一·為吏 74	 嶽一·占夢 31	 嶽四·律壹 3	 嶽四·律壹 151	 嶽五·律貳 28	 嶽五·律貳 40	 嶽五·律貳 163		

	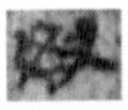 睡·秦種134	 睡·法20	 睡·法106	 睡·日甲160						
	 放·日甲20									
	 龍·60	 龍·62								
弗	 里8.204	 里8.314	 里8.1365	 里8.1570	 里9.1158					633
	 嶽一·為吏15	 嶽一·為吏74	 嶽三·癸11	 嶽三·癸15	 嶽三·芮68	 嶽四·律壹106	 嶽五·律貳5	 嶽五·律貳21	 嶽五·律貳43	
	 睡·語6	 睡·秦種11	 睡·秦種68	 秦種34	 睡·秦雜13	 睡·法10	 睡·法11	 睡·日乙115		
	 放·日甲72	 放·日乙16								
	 龍·21	 龍·53	 龍·64							
	 山·2									
民	 嶽一·為吏2	 嶽三·猩51								633

	 睡·語 5	 睡·語 3	 睡·法 157	 睡·為 39	 睡·為 39	 睡·日甲 128	 睡·日乙 57	 睡·日乙 60	 睡·日乙 134	
	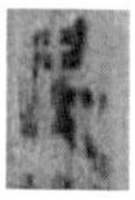 放·日乙 279									
	 山·1									
氐	 里 8.816	 里 8.1576	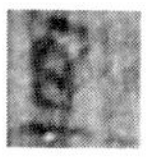 里 8.2157	 里 9.769	 里 9.1415					634
	 放·日乙 168+374	 放·日乙 22								
	 睡·日甲 1									
乍	 里 8.1586									640
	 睡·日甲 42									
句	 里 8.157	 里 8.157 背	 里 9.709							640
匜	 放·日甲 28	 放·日乙 118								642

瓦	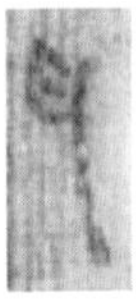 里 9.328									644
	 睡·封 9	 睡·日甲 93 背	 睡·日甲 96 背	 睡·日甲 110 背						
	 嶽四·律壹 126	 嶽四·律壹 169								
	  周·327	 周·329								
弘	 里 8.1554									647
它	 里 5.11	 里 8.144	 里 8.1564	 里 8.1901	 里 8.2551	 里 8.122	 里 8.171	 里 8.850	 里 9.3383	684
	 嶽一·為吏 87	 嶽三·癸 11	 嶽三·癸 23	 嶽三·芮 85	 嶽三·同 149	 嶽三·學 215	 嶽三·綰 242	 嶽四·律壹 72	 嶽五·律貳 39	

	 睡・秦種 5	 睡・秦種 37	 睡・秦種 163	 睡・秦種 195	 睡・效 21	 秦種 54	 睡・法 25	 睡・法 32	 睡・封 53	
	 放・日甲 32A+30B									
	 龍・12	 龍・59	 龍・178A	 龍・213						
田	 里 5.1	 里 8.16	 里 8.145	 里 8.595						701
	 嶽一・為吏 15	 嶽二・數 2	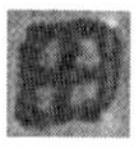 嶽三・同 143	 嶽三・魏 154						
	 睡・語 4	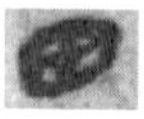 睡・秦種 11	 睡・效 52							
	 青・16									
	 放・日甲 73	 放・日乙 271	 放・日乙 357							
	 龍・25	 龍・111								
	 周・301									

	 山·1	 山·1								
功	 里 6.37									705
	 嶽四·律壹 30									
加	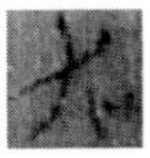 里 8.720 背	 里 8.2026								707
且	 里 8.140	 里 8.532	 里 8.771 背	 里 8.691	 里 8.2008	 里 8.2270				723
	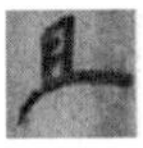 嶽三·芮 70	 嶽三·礜158	 嶽三·學 231							
	 睡·語 8	 睡·秦種 112	 睡·法 4	 睡·法 30	 睡·為 12	 睡·為 24				
	 龍·150									
矛	 睡·法 85									726
	 里 9.285	 里 9.1447 背								
四	 里 5.7	 里 6.1	 里 8.685	 里 8.60	 里 8.534	 里 8.818				744

	 嶽一·27質2	 嶽一·34質1背	 嶽三·尸36							
	 睡·葉4	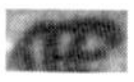 睡·語1	 睡·秦種90	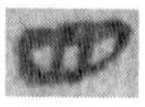 睡·秦雜31	 睡·法98					
	 青·16									
	 放·日甲4	 放·日乙4	 放·日乙169							
	 龍·116									
	 周·75	 周·97	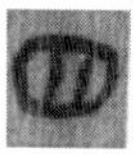 周·135							
	 山·1									
丙	 里6.8	 里 8.71背	 里8.141	 里8.715背	 里8.1590					747
	 嶽一·27質30	 嶽一·34質52	 嶽一·35質8	 嶽五·律貳30						
	 睡·語1	 睡·法12	 睡·法173	 睡·封18	 睡·日乙79					
	 放·日乙115	 放·日乙124	 放·日乙147	 放·日乙203						

	 龍(木)·13									
	 周·8	 周·10	 周·30							
	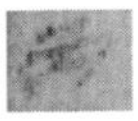 山·1	 山·1								
甲	 里 8.60	 里 8.133	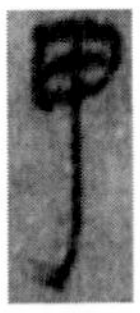 里 8.702	 里 8.1518	 里 8.1807					747
	 嶽一·27 質 3	 嶽一·27 質 28	 嶽一·27 質 19	 嶽一·35 質 32	 嶽三·癸 3	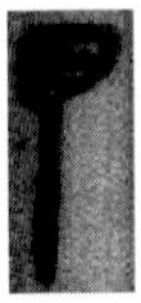 嶽四·律壹 2	 嶽四·律壹 115			
	 睡·葉 45	 睡·秦種 102	 睡·秦種 115	 睡·效 4	 睡·效 51	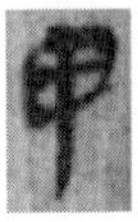 睡·秦雜 2	 睡·法 8	 睡·法 35		
	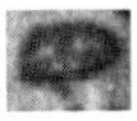 放·日甲 24	 放·日乙 47								
	 龍·41	 龍·53	 龍·76	 龍·120	 龍·139	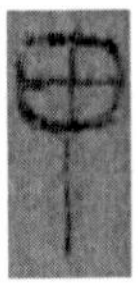 龍(木)·13				
	 周·1	 周·2	 周·7							

	 山・1	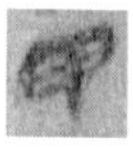 山・1								
戊	 里 8.60	 里 8.135 背	 里 8.290	 里 8.558						748
	 嶽一・27 質 3	 嶽一・27 質 16	 嶽一・27 質 33	 嶽一・34 質 55	 嶽三・猩 61	 嶽五・律貳 1				
	 睡・封 29									
	 青・16									
	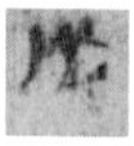 放・日甲 26	 放・日乙 51								
	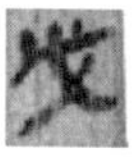 周・4	 周・5	 周(木)・1 背							
	 山・1									
卯	 里 6.4	 里 8.143	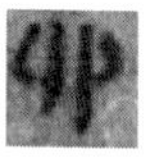 里 8.665 背	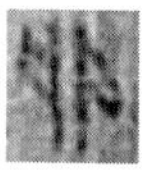 里 8.145	 里 8.755	 里 8.787				752
	 嶽一・27 質 30	 嶽一・34 質 6	 嶽三・尸 40	 嶽三・學 210						
	 放・日甲 1	 放・日甲 7	 放・日甲 8	 放・日甲 69	 放・日甲 70	 放・日乙 69	 放・日乙 95			

	 周·6	 周·7								
	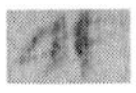 山·1	 山·1								
申	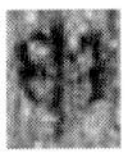 里 5.1	 里 8.141	 里 8.211	 里 8.1131	 里 8.1583	 里 8.2100	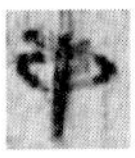 里 9.477			753
	 嶽一·27 質 20	 嶽一·27 質 32	 嶽一·34 質 64	 嶽五·律貳 30						
	 睡·為 11									
	 放·日甲 1	 放·日甲 6	 放·日乙 3	 放·日乙 4	 放·日乙 132					
	 龍（木）·13									
	 周·2									
	 山·1	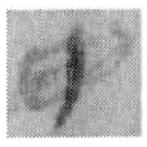 山·1	 山·2							
以	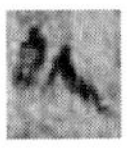 里 5.1	 里 5.9	 里 6.1 背	 里 8.63	 里 8.883	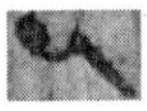 里 8.127	 里 8.133 背	 里 8.461	 里 9.1	753

	里 9.10									
	嶽一·占夢 34	嶽二·數 130	嶽三·癸 14	嶽三·癸 30	嶽三·芮 63	嶽三·芮 83	嶽四·律壹 218			
	睡·語 9	睡·秦種 77	睡·秦種 130	睡·效 8	睡·效 25	睡·效 30	睡·效 51	睡·法 140	睡·為 27	
	青·16									
	放·日甲 16	放·日甲 19	放·日甲 21	放·日乙 322						
	龍·12	龍·42A	龍·116							
	山·2	山·2								
未	里 5.1	里 6.5	里 6.8	里 6.10	里 8.34	里 8.138 背	里 8.142 背	里 8.142	里 8.627	753
	里 8.1377	里 9.10 背	里 9.195							
	嶽一·27 質 18	嶽一·34 質 47	嶽三·癸 3	嶽三·猩 47	嶽三·芮 63	嶽三·同 143	嶽四·律壹 66			

	 睡·法 4	 睡·語 2	 睡·秦種 16	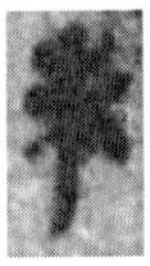 睡·秦種 48	 睡·秦種 116	 睡·秦種 138	 睡·效 20	 睡·秦雜 22	
	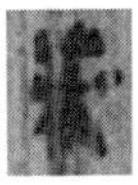 放·日甲 1	 放·日甲 2	 放·日甲 17	 放·日甲 37	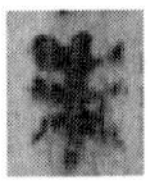 放·日乙 3	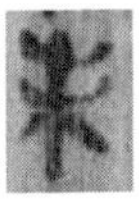 放·日乙 114			
	 龍·196A	 龍·202							
	 周·2	 周·10	 周·49	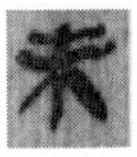 周·187					
	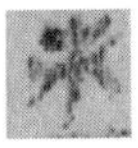 山·1	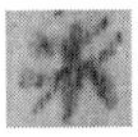 山·1							
勼	 里 9.3359	 里 9.462							
犳	 嶽三·魏155								
旬	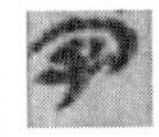 睡·日甲126 背								

六 畫

六畫	字例									頁碼
吏	 里 5.1	 里 6.7	 里 8.98	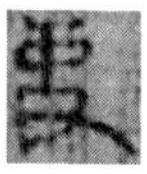 里 8.197	 里 8.214	 里 8.14 23	 里 8.241	 里 9.887	 里 9.11 32	1
	 里 9.21 68									
	 嶽一・ 為吏 9	 嶽一・ 為吏 30	 嶽三・ 癸 15	 嶽三・ 芮 62	 嶽三・ 學 225	 嶽四・律 壹 144	 嶽四・律 壹 369	 嶽五・ 律貳 28	 嶽五・ 律貳 54	
	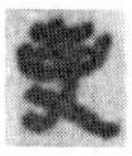 睡・語 3	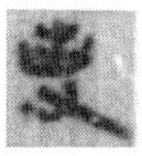 睡・語 10	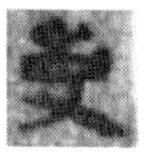 睡・秦 種 29	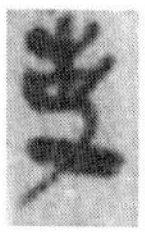 睡・秦 種 31	 睡・秦 種 122	 睡・效 2	 睡・秦 雜 14	 睡・法 35	 睡・為 6	
	 龍・11	 龍・39	 龍・45	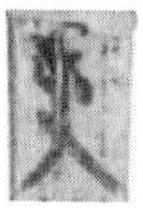 龍・68	 龍(木)・ 13					
艾	 里 8.16 20	 里 9.15 69								32
牝	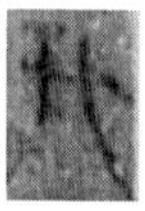 里 8.561	 里 9.668								51
	 嶽四・律 壹 128									

	 睡·秦雜 31	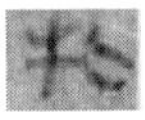 睡·日甲 31 背	 睡·日甲 155 背	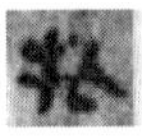 睡·日甲 156 背						
	 放·日乙 85	 放·日乙 89								
	 周·368									
名	 里 8.8	 里 8.198	 里 9.11 59							57
	 嶽一·占夢 29	 嶽三·猩 49	 嶽三·學 226							
	 睡·秦種 25	 睡·日甲 93 背								
	 放·日甲 34	 放·日乙 66								
	 周·350									
吉	 嶽一·占夢 3	 嶽一·占夢 10								59
	 睡·日甲 4	 睡·日甲 91 背	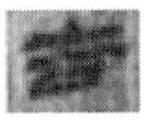 睡·日甲 93	 睡·日甲 112	 睡·日乙 17	 睡·日乙 18				

	 里 9.1089	 里 9.1099								
	 放・日甲 21	 放・日甲 44	 放・日乙 16	 放・日乙 22	 放・日乙 303A+304					
	 周・187	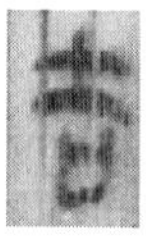 周・188	 周・190							
	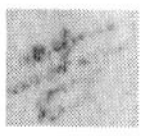 山・2	 山・2								
各	 睡・封 69									61
	 嶽四・律壹 265									
	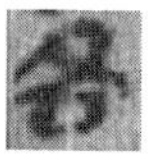 放・日乙 116									
	 龍・53	 龍・152								
	 周・369									
此	 里 8.8	 里 8.769	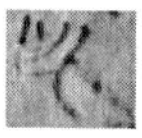 里.777	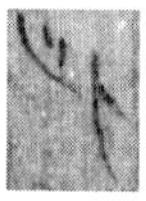 里 8.1558	 里 8.94	 里 8.234	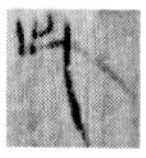 里 8.1347	 里 9.1954	 里 9.2294	69

	嶽一·為吏 87	嶽二·數 9	嶽二·數 133	嶽二·數 179	嶽四·律壹 301	嶽四·律 369	嶽五·律貳 32	嶽五·律貳 36		
	睡·語 6	睡·語 12	睡·秦種 74	睡·法 20	睡·法 114	睡·封 83	睡·日甲 53	睡·日甲 166 背	睡·日乙 150	
	放·日乙 176									
	龍·183									
	周·132	周·150	周·265							
行	里 5.35	里 6.1 背	里 8.555	里 8.522 背	里 8.523	里 8.759	里 9.2 背	里 9.38		78
	嶽一·34 質 8	嶽一·為吏 31	嶽一·占夢 28	嶽三·癸 5	嶽三·癸 7	嶽三·學 232				
	睡·語 8	睡·秦種 66	睡·秦種 68	睡·秦雜 39	睡·法 10	睡·法 49	睡·日乙 43			
	青·16									
	放·日甲 18	放·日甲 23	放·日甲 67							

	 龍·3	 龍·15A	 龍·54	 龍·63						
	 周·187	 周·243								
	 山·2									
舌	 嶽二·數 64									87
	 睡·封 69	 睡·為 29	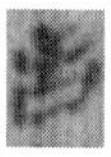 睡·日甲 74							
	 放·日乙 281									
丞	 里 5.1	 里 8.668	 里 8.1047	 里 8.66	 里 8.896					104
	 嶽三·癸 13	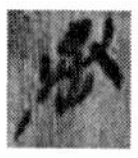 嶽三·癸 1	 嶽三·猩 55	 嶽三·學 217	 嶽四·律壹 56	 嶽四·律壹 308				
	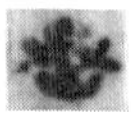 睡·語 8	 睡·秦種 32	 睡·秦種 64	 睡·效 51	 睡·秦雜 16					
	 青·16									

	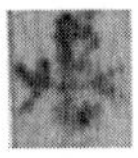 放·志1									
	 龍·8	 龍·53	 龍·152	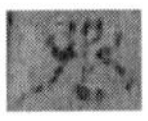 龍(木)·13						
	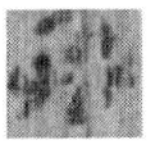 周·19									
共	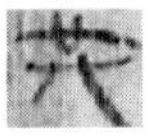 里 8.1518	 里 9.1365								105
	 嶽二·數47	 嶽三·癸18	 嶽三·芮66	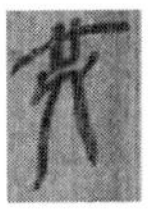 嶽三·芮70	 嶽三·學218	 嶽四·律壹307	 嶽五·律貳4	 嶽五·律貳62		
	 睡·秦種47	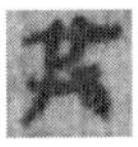 睡·秦種73	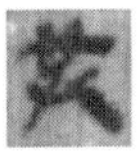 睡·秦種175	 睡·效24						
聿	 里 8.200背									118
歺	 嶽一·為吏71									165
	 睡·秦種164	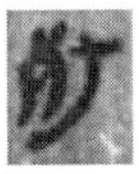 睡·效22								
寺	 嶽四·律壹7	 嶽五·律貳255								122

	 睡・秦種182	 睡・日甲101背	 睡・日甲108背							
兆	 睡・日乙157	 睡・日乙161	 睡・日乙163	 睡・日乙179A+159B						128
臣	 里8.18	 里 8.78背	 里8.217	 里8.2017						119
	  嶽三・芮65	 嶽三・譊141	 嶽四・律壹249							
	 睡・語6	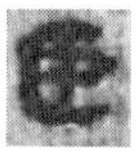 睡・秦種51	 睡・秦種77	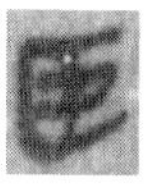 睡・秦雜37	 睡・法8	 睡・為46				
	 龍・40									
	 周・350									
收	 里8.454									126
	 嶽四・律壹213	 嶽五・律貳15								

	 睡・秦種 84	 睡・秦種 106	 睡・法 107	 睡・法 116						
	 放・日甲 1	 放・日甲 3	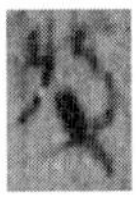 放・日甲 11	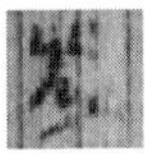 放・日甲 21	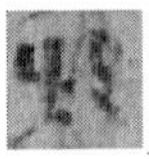 放・日乙 3	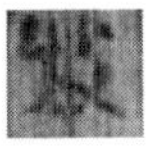 放・志 5				
百	 里 6.1	 里 8.63	 里 8.989							138
	 嶽一・為吏 69	 嶽二・數 11	 嶽二・數 161	 嶽三・癸 16	 嶽三・芮 86	 嶽四・律壹 19				
	 睡・秦種 65	 睡・秦種 102	 睡・效 8	 睡・效 49						
	  青・16									
	 放・日乙 203	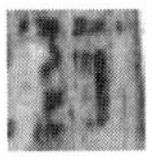 放・日乙 314								
	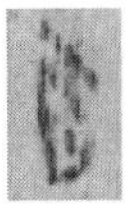 龍・40									
	 周・253									
自	 里 8.50	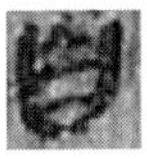 里 8.656	 里.868	 里.1047						138

	 嶽一·為吏 39	 嶽二·數 35	 嶽二·數 187	 嶽四·律壹 36	 嶽四·律壹 85					
	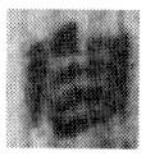 睡·語 5	 睡·秦種 138	 睡·效 18	 睡·秦雜 10						
	 龍(木)·13									
	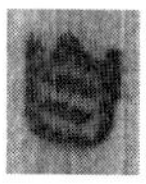 周·200	 周·210								
羽	 里 8.82	 里 8.142	 里 8.673	 里 9.1099	 里 9.1848					139
	 嶽一·為吏 82									
	 睡·為 26									
	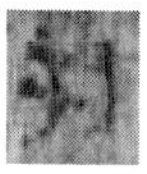 放·日乙 109									
	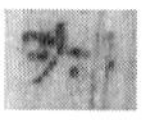 周·320									
羊	 里 8.490	 里 9.907								146

	 嶽一・占夢 37	 嶽一・占夢 41	 嶽五・律貳 35							
	 睡・秦雜 31	 睡・法 47	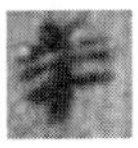 睡・日甲 5	 睡・日乙 72						
	 放・日甲 37	 放・日乙 73	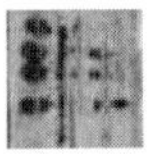 放・日乙 101							
	 龍・99	 龍・100 A	 龍・111							
	 周・324									
	 山・1									
再	 里 8.472	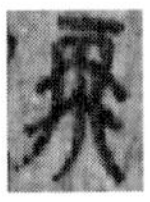 里 8.2088								160
	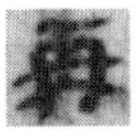 睡・封 65	 睡・為 22								
	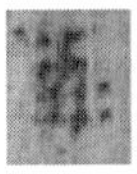 放・日乙 241	 放・日乙 260								

	山・2									
死	里 5.4 背	里 8.454	里 8.132	里 8.809	里 8.1139	里 8.1490	里 9.1			166
	嶽一・27質 26	嶽一・為吏 52	嶽一・占夢 24	嶽三・癸 10	嶽三・多 90	嶽三・魏 151	嶽四・律壹 107	嶽四・律壹 220	嶽五・律貳 74	
	睡・葉 4	睡・葉 52	睡・秦種 5	睡・秦種 18	睡・秦種 134	睡・秦雜 37	睡・法 68	睡・為 32	睡・為 51	
	睡・日甲 41 背	睡・日甲 165 背	睡・日乙 113	睡・日乙 150	睡・日乙 206					
	放・日甲 14	放・日甲 24	放・日甲 27	放・日乙 15	放・日乙 108A+107					
	龍・37	龍・75	龍・196A	龍(木)・13						
	周・232	周・297								
	山・1	山・1								

肉	 里 8.25 24									169
	 嶽一· 占夢 23	 嶽四·律 壹 379	 嶽五· 律貳 39	 嶽五·律 貳 241						
	 睡·法 17									
	 放·日 乙 3									
	 龍·83									
	 周·317									
冐	 里 8.14 54									179
	 嶽三· 得 183	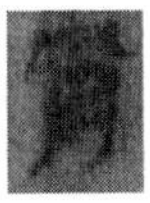 嶽三· 學 227								
	 放·日 乙 104									
列	 里 8.70 背									182

	 嶽三・芮 65	 嶽三・芮 67	 嶽三・芮 80	 嶽三・芮 82	 嶽三・芮 85					
	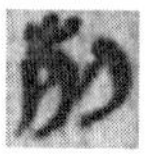 睡・秦種 68									
刖	 睡・為 29									183
竹	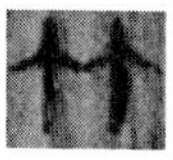 里 8.292	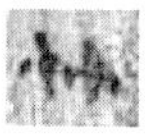 里 9.1204								191
	 嶽二・數 150									
	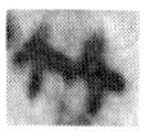 睡・封 81									
式	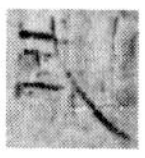 里 8.94	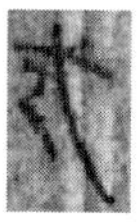 里 8.235	 里 8.247	 里 9.1965						203
	 嶽一・為吏 87									
	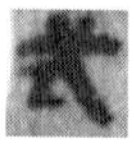 睡・秦種 66	 睡・封 98								
	 放・日乙 322									

血	 里 8.17 86									215
	 睡・封 86	 睡・封 57	 睡・日 甲 104	 睡・日甲 114 背						
	 放・日 乙 277									
	 周・316	 周・319								
刑	 嶽三・ 譊 140	 嶽三・ 魏 163	 嶽四・ 律壹 38	 嶽四・律 壹 217						218
	 里 9.23 02									
	 睡・秦 種 138	 睡・秦 雜 5	 睡・法 33	 睡・法 103	 睡・日 甲 117	 睡・日甲 145 背				
	 放・日 乙 347									
合	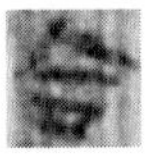 里 8.19 86									225
	 嶽二・ 數 72	 嶽四・律 壹 178								
	 睡・封 72									

	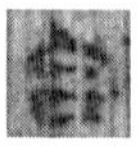 放・日乙 317									
	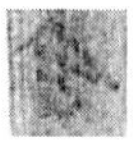 龍・5									
	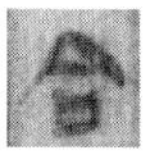 周・188									
全	 睡・法 69	 睡・日甲 92 背	 睡・日甲 96 背							226
朱	 里 8.254	 里 8.1515 背	 里 9.438	 里 9.1130	 里 9.1149	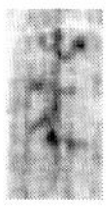 里 9.1408 背				251
	 嶽二・數 23	 嶽二・數 24	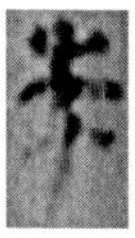 嶽二・數 27							
	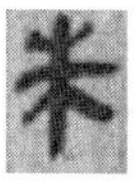 睡・效 7	 睡・法 140								
朵	 嶽一・為吏 79	 嶽三・芮 78	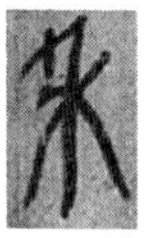 嶽三・芮 63	 嶽三・芮 77						252
休	 里 8.737	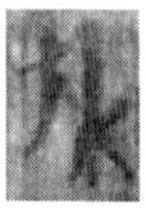 里 8.1626	 里 8.2030	 里 9.1886	 里 9.3328					272

	 嶽一·27質6	 嶽四·律壹111								
回	 睡·秦種148									279
因	 里8.904	 里8.1876	 里9.1558							280
	 嶽二·數62	 嶽二·數97	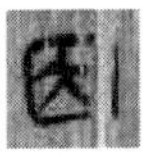 嶽五·律貳193	 嶽·律貳308						
	 睡·語11	 睡·為20								
	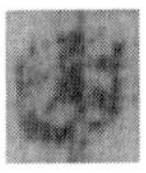 放·日乙241	 放·志3								
	 周·316									
邛	 里8.645背	 里9.1089								298
早	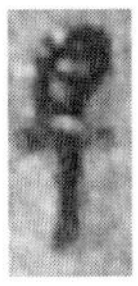 睡·秦種2	 睡·秦雜30								305

多	 里 8.428	 里 8.537								317
	 嶽一·為吏 32	 嶽三·癸 10	 嶽五·律貳 14							
	 睡·語 2	 睡·語 13	 睡·效 1	 睡·日甲 144 背						
	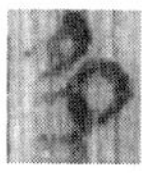 放·日乙 15	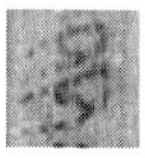 放·日乙 242								
	 龍·142	 龍·156								
	 周·193	 周·316	 周·369							
朿	 放·日乙 8									321
夙	 嶽四·律壹 223									318
	 放·日甲 16									
	 睡·日甲 88 背	 睡·日甲 90 背	 睡·日甲 128 背							

有	 里 5.19	 里 8.884	 里 8.137	 里 8.1811	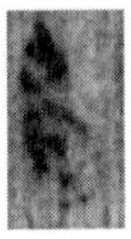 里 8.1939					319
	 嶽一·為吏 33	 嶽一·為吏 53	 嶽一·占夢 14	 嶽三·癸 30	 嶽三·芮 76	 嶽四·律壹 111	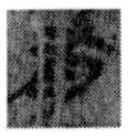 嶽五·律貳 7			
	 睡·語 1	 睡·語 14	 睡·秦種 46	 睡·秦種 133	 睡·效 29	 睡·秦雜 35				
	 青·16									
	 放·日甲 15	 放·日甲 19	 放·日甲 21	 放·日甲 23						
	 龍·7	 龍·28	 龍·181							
	 周·187	 周·189								
	 山·2									
年	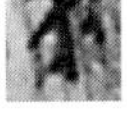 里 5.13	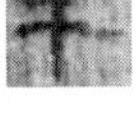 里 8.27	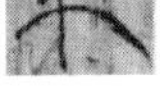 里 8.306	 里.537	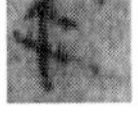 里 8.08	 里 8.39	 里.109	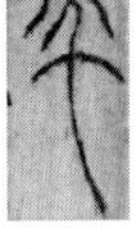 里 8.21	 里 8.20	329

	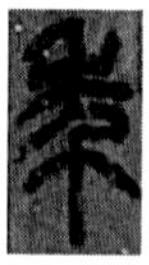 嶽一·34質1背	 嶽一·占夢5	 嶽三·尸40	 嶽三·多92	 嶽三·甃 169	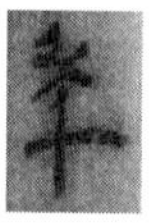 嶽三·學210	 嶽四·律壹61	 嶽五·律貳41		
	 青·16									
	 睡·葉4	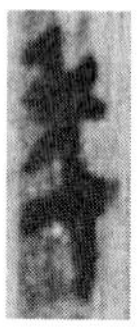 睡·葉34	 睡·語1	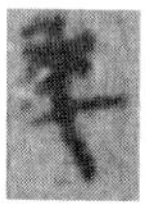 睡·秦種35	 睡·秦種90					
	 龍·116									
米	 里5.33									333
	 嶽二·數9									
	 睡·秦種41	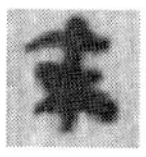 睡·秦種180	 睡·秦種181	 睡·秦種182						
	 周·97	 周·331								
兕	 嶽一·占夢3	 嶽一·占夢9								337

	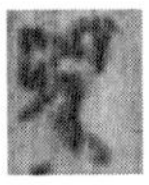 放・日乙 97	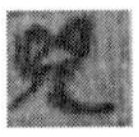 放・日乙 116								
	 睡・日甲 59 背	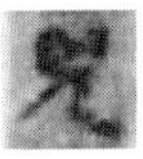 睡・日甲 130	 睡・日甲 142 背	 睡・日乙 81	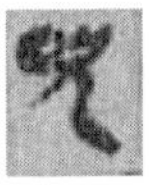 睡・日乙 87	 睡・日乙 89				
	 山・2									
宅	 里 6.37									341
	 睡・日甲 127 背	 睡・日甲 30 背								
	 放・日乙 270									
宇	 里 8.307									342
	 嶽一・為吏 7	 嶽二・數 68	 嶽四・律壹 114							
	 睡・法 186	 睡・封 9	 睡・為 19	 睡・日甲 103	 睡・日甲 151 背	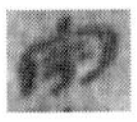 睡・日甲 152 背	 睡・日乙 17	 睡・日乙 251		
	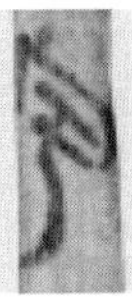 龍・256									

安	里 8.26	里 8.200背	里 8.918	里 8.1989	里 9.284					343
	嶽一·34質19	嶽一·34質42	嶽一·為吏32	嶽三·癸 152						
	睡·葉35	睡·秦種57	睡·為23	睡·為28	睡·為40					
	放·日甲47	放·日甲48	放·日甲73	放·日乙37	放·日乙278					
守	里 5.17	里 6.4	里 8.96	里 8.56	里 8.58	里 8.62	里 8.772 里 8.772背			343
	嶽一·為吏86	嶽三·尸40	嶽三·芮63	嶽三·芮68	嶽三·同148	嶽四·律壹184	嶽五·律貳16	嶽五·律貳48		
	睡·秦種55	睡·秦種161	睡·秦種196	睡·秦雜34	睡·法16	睡·封12				
	龍·44									
	周·19	周·377								

同	 里 8.60背	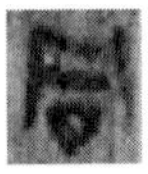 里 8.761	 里 8.1971	 里 8.2137						357
	 嶽一・為吏 22	 嶽二・數 54	 嶽二・數 186	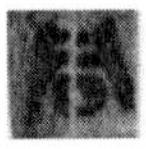 嶽三・同 145	 嶽五・律貳 4					
	 睡·語 1	 睡・秦種 98	 睡・秦雜 13	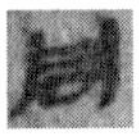 睡・法 15	 睡・為 46	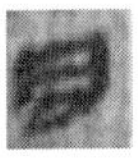 睡・日甲 78	 睡・日乙 105			
	 龍・21	 龍・22	 龍・133							
企	 嶽一・為吏 43	 嶽一・占夢 8								369
	 龍・120									
	 周・345									
伍	 里 8.23									377
	 嶽三・尸 37	 嶽三・綰 240	 嶽四・律壹 54	 嶽四·律壹 125	 嶽五・律貳 21					
	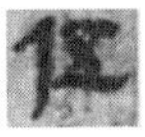 睡・秦種 68	 睡・秦雜 36								

	 放·日乙322									
	 龍·21	 龍·68	 龍·91							
任	 里8.75	 里9.874								379
	 嶽三·同149	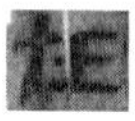 嶽三·魏169	 嶽三·學222	 嶽四·律壹208	 嶽四·律壹217					
	 睡·語6	 睡·秦種101	 睡·秦種125	 睡·秦種196	 睡·秦雜3	 睡·秦雜6				
	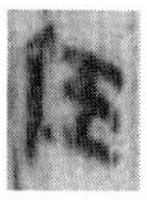 放·日乙239									
伊	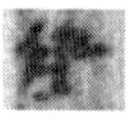 睡·葉13	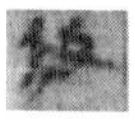 睡·葉14								371
伏	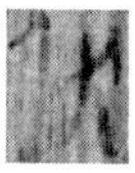 里8.707									385
	 睡·日乙147									
伐	 里8.162	 里8.269	 里9.2176							385
	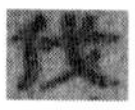 嶽三·魏163	 嶽四·律壹166	 嶽四·律壹330							

	 睡・秦種 5	 睡・法 91	 睡・日甲 24 背	 睡・日甲 44	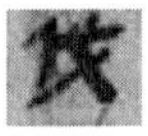 睡・日甲 99 背	 睡・日乙 62	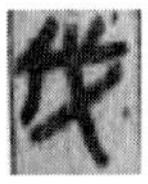 睡・日乙 67			
	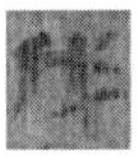 放・日乙 272	 放・日乙 305								
艮	 睡・封 53	 睡・日甲 47								389
	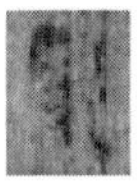 放・日乙 207	 放・日乙 236								
并	 里 8.412	 里 8.1221	 里 9.136							390
	 嶽二・數 123	 嶽二・數 204	 嶽三・芮 75	 嶽五・律貳 50						
	 睡・法 12	 睡・日甲 108								
衣	 里 6.7	 里 8.139 背	 里 8.628	 里 9.1123						392
	 嶽一・為吏 78	 嶽一・占夢 27	 嶽三・魏152	 嶽三・學 232	 嶽四・律壹 265					

	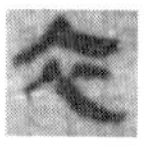 睡・秦種 48	 睡・秦種 138	 睡・秦種 90	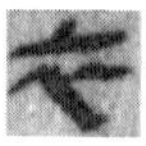 睡・法 23	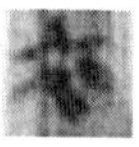 睡・日甲 148					
	 放・日甲 69	 放日乙 362	 放・志 4							
	 山・2	 山・2	 山・2							
考	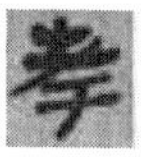 睡・日乙 238									402
老	 嶽一・為吏 75	 嶽四・律壹 30	 嶽四・律壹 292	 嶽五・律貳 21	 嶽五・律貳 22	 嶽五・律貳 172				402
	 睡・秦種 61	 睡・秦種 184	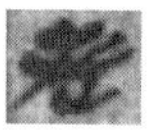 睡・秦雜 32	 睡・法 98	 睡・為 3	 睡・日甲 76				
匈	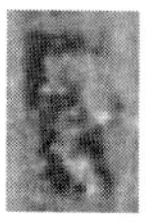 放・日乙 233	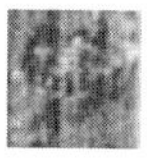 放・日乙 343								438
后	 嶽二・數 182	 嶽二・數 192								434
充	 里 8.242	 里 8.903	 里 8.1624	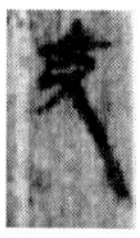 里 9.1345	 里 9.2607					409

先	 里 8.298									411
	 嶽一·為吏 63	 嶽二·數 69	 嶽三·癸 13	 嶽四·律壹 149	 嶽四·律壹 203	 嶽四·律壹 379	 嶽五·律貳 79			
	 睡·秦種 111	 睡·秦種 126	 睡·秦種 167	 睡·效 25	 睡·秦雜 9	 睡·法 8	 睡·法 170	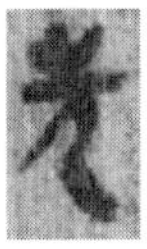 睡·封 68	 睡·日甲 42	
	 睡·日甲 42 背	 睡·日甲 56 背	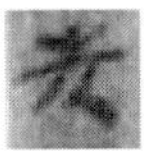 睡·日甲 129	 睡·日甲 163 背						
	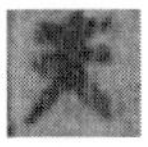 放·日乙 244									
	 周·329	 周·349	 周·351							
次	 里 8.50	 里 8.1514	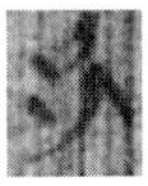 里 8.1517	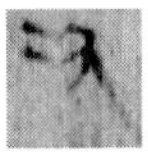 里 8.1766	 里 9.1113	 里 9.2076				418
	 嶽二·數 131	 嶽五·律貳 26								
	 睡·語 8	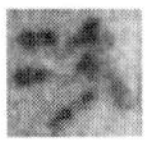 睡·封 49								

	 周·369									
色	 里 8.155	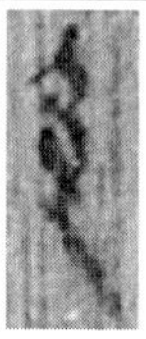 里 8.158	 里 8.534	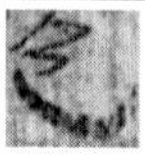 里 8.2294	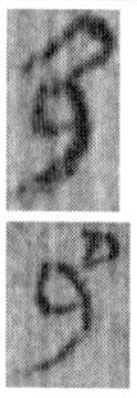 里 8.550	 里 9.191	 里 9.259	 里 9.815	 里 9.1034	436
	 嶽一·為吏 27									
	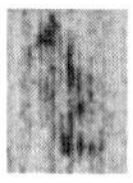 睡·封 60	 睡·日甲 69	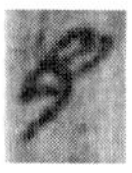 睡·日甲 71	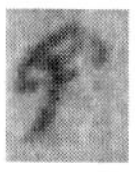 睡·日甲 73	 睡·日甲 98 背	 睡·日甲 132 背				
	 放·日甲 23	 放·日乙 56	 放·日乙 199	 放·日乙 212	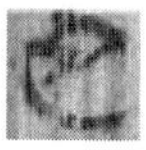 放·日乙 217	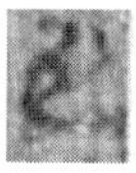 放·日乙 221				
印	 里 5.22	 里 8.453	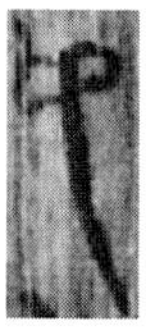 里 8.735 背	 里 8.1886	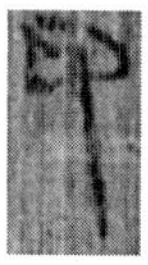 里 8.759	 里 8.1225	 里 8.1525	 里 9.1 背	 里 9.2 背	436
	 里 9.7 背									
	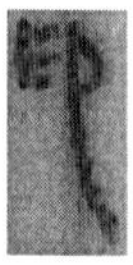 嶽三·學 227	 嶽五·律貳 109								

	 睡・秦種 21	 睡・秦種 22	 睡・秦種 64	 睡・秦種 171	 睡・效 30	 睡・法 55	 睡・法 138			
旬	 里 8.63	 里 8.136	 里 8.1275	 里 9.2230						438
	 嶽四・律壹 55	 嶽四・律壹 184	 嶽四・律壹 202							
	 睡・秦種 13	 睡・秦種 14	 睡・秦種 74	 睡・秦種 144	 睡・日甲 89	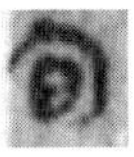 睡・日甲 158 背				
	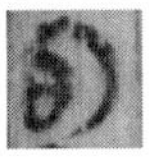 放・日乙 76									
	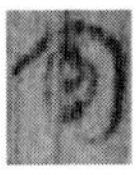 周・356	 周・361	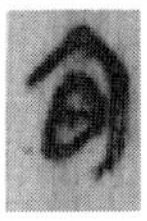 周・362							
危	 放・日甲 6	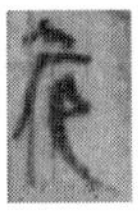 放・日甲 7	 放・日甲 8	 放・日甲 11	 放・日乙 1	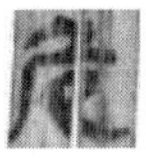 放・日乙 177				453
	 睡・日甲 14	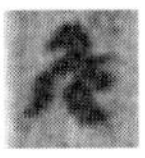 睡・日甲 17	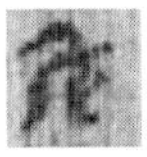 睡・日甲 27	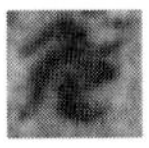 睡・日甲 47						
	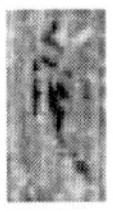 里 9.1068									
	 周・142									

而	 里 5.6	 里 6.1	 里 8.132	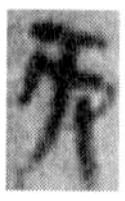 里 8.135						458
	 嶽一・為吏 42	 嶽一・占夢 5	 嶽一・占夢 34	 嶽二・數 213	 嶽三・同 148	 嶽四・律壹 263	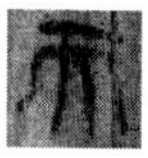 嶽五・律貳 1	 嶽五・律貳 5	 嶽五・律貳 7	
	 嶽五・律貳 21									
	 睡・語 3	 睡・語 11	 睡・秦種 7	 睡・秦種 125	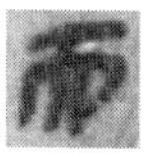 睡・秦種 119	 睡・秦種 155	 睡・秦雜 11	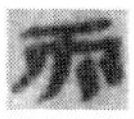 睡・法 23	 睡・日甲 46 背	
	 青・16									
	 放・日甲 18	 放・日甲 26	 放・日乙 15	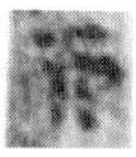 放・日乙 18	 放・日乙 169					
	 龍・2	 龍・15A	 龍・64	 龍・141A						
	 周・243	周・330								
灰	 睡・秦種 4	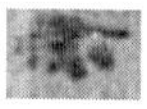 睡・日甲 105 背	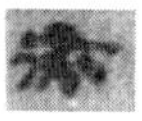 睡・日甲 119 背							486
	 周・315	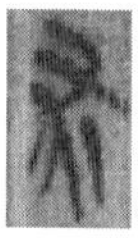 周・316	 周・375							

光	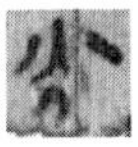 睡・為 50	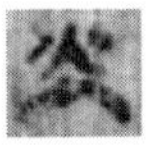 睡・日甲 32	 睡・日乙 24	 睡・日乙 196	 睡・日乙 197					490
	 放・日乙 6									
夸	 里 8.1004									497
	 睡・為 14									
	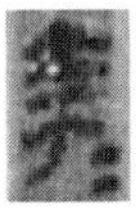 放・日乙 230									
夷	 里 8.144 背	 里 8.160	 里 8.1057	 里 8.1250	 里 9.1397	 里 9.3353				498
	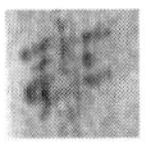 睡・日甲 64									
	 嶽四・律壹 304	 嶽五・律貳 177								
	 放・日乙 202	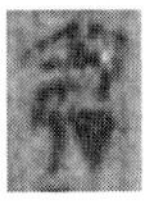 放・日乙 230	 放・日乙 232	 放・日乙 244						

亦	 里 8.67	 里 8.883								498
	 嶽二·數 46	 嶽二·數 48	 嶽四·律壹 363							
	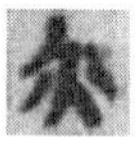 睡·語 6	 睡·秦種 1	 睡·秦種 50	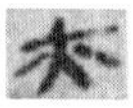 睡·法 12	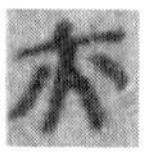 睡·法 30	 睡·為 34	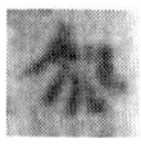 睡·日甲 31	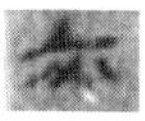 睡·日甲 58		
	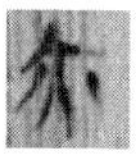 放·日甲 3	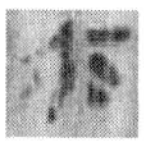 放·日乙 91A+93 B+92								
	 龍·148	 龍·179								
	 周·331									
交	 嶽一·為吏 30	 嶽一·為吏 31								499
	 里 9.151	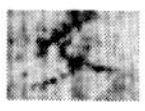 里 9.32 39								
	 睡·法 74	 睡·日甲 4	 睡·日甲 160 背	 睡·日乙 4						
	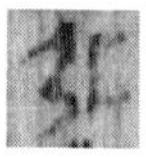 放·日乙 267									

江	 里 8.262	 里 8.807							522
	 嶽一·27質29	 嶽一·占夢34	 嶽三·猩44	 嶽三·芮62	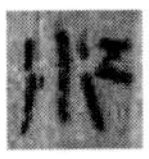 嶽五·律貳118				
	 睡·語8								
	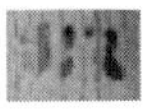 周·3	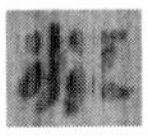 周·11	 周·33						
池	 里 8.454								558
	 嶽一·為吏60	 嶽四·律壹151							
	 睡·為34	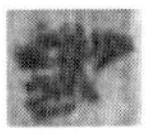 睡·日甲104	 睡·日甲153背						
	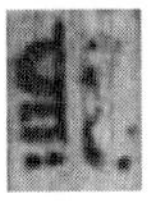 放·日乙139	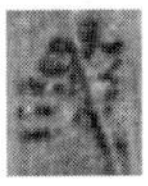 放·日乙268							
	 龍·1								
	 周·338	 周·339							

汗	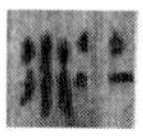 周・311									570
州	 里 8.63	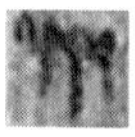 里 8.736	 里 8.2137							575
	 嶽一・27質 34	 嶽三・癸 13	 嶽三・尸 40							
	 睡・法 100									
	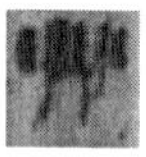 放・日乙 163									
冰	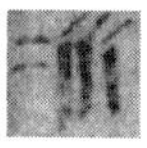 里 8.665 背	 里 8.2137								576
至	 里 5.10	 里 8.197	 里 8.2124	 里 9.7 背						590
	 嶽一・為吏 33	 嶽一・占夢 5								
	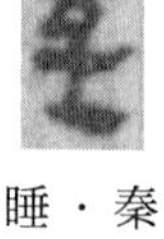 睡・秦種 175	 睡・秦雜 32	 睡・為 25							
	 放・日乙 211	 放・日乙 232	 放・日乙 286							

	 周·190	 周·192								
西	 里 8.14 50									591
	 嶽四· 律壹 93	 嶽四·律 壹 329								
	 睡·封 59	 睡·日 甲 62	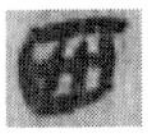 睡·日 甲 93 背	 睡·日 甲 132	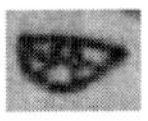 睡·日乙 73A+75					
	 放·日 甲 43	 放·日 甲 54	 放·日 甲 56	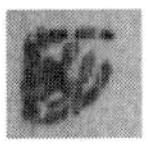 放·日 甲 61	 放·日 乙 55	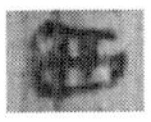 放·日 乙 57				
	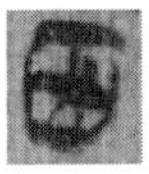 周·51	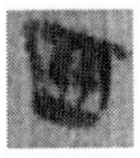 周·53	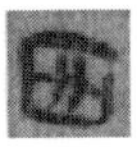 周·148	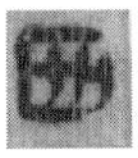 周·266						
耳	 睡·效 44	 睡·效 45	 睡·法 79	 睡·法 83	 睡·為 39	 睡·日 甲 98 背				597
	 放·日 乙 66	 放·日 乙 220								
	 周·352									
扜	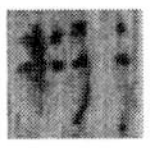 嶽五· 律貳 45									616

妃	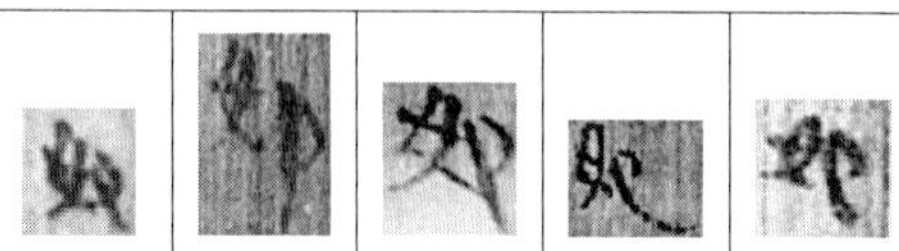 里 8.56	里 8.762	里 8.821	里 8.915	里 9.13					620
好	 里 8.355									624
	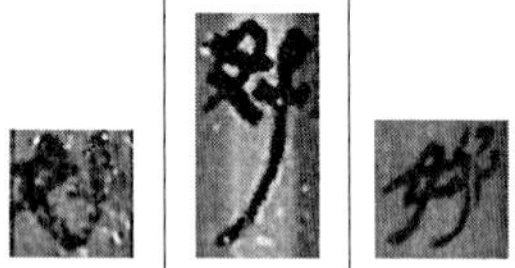 嶽一·為吏 29	嶽一·占夢 34	嶽三·尸 33							
	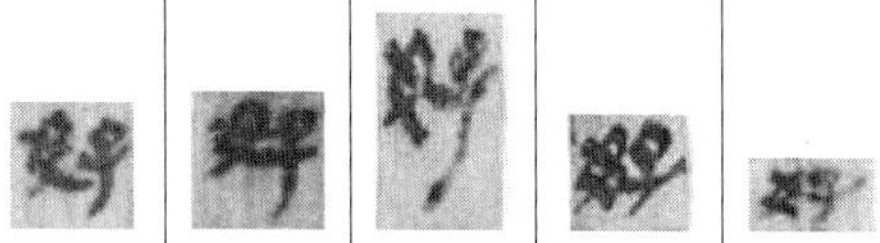 睡·語 1	睡·語 9	睡·日甲 91 背	睡·日甲 135 背	睡·日甲 149					
	 放·日乙 7									
	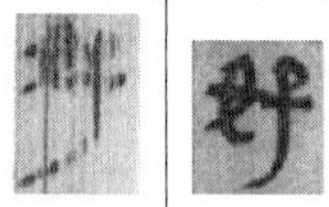 周·141	周·247								
如	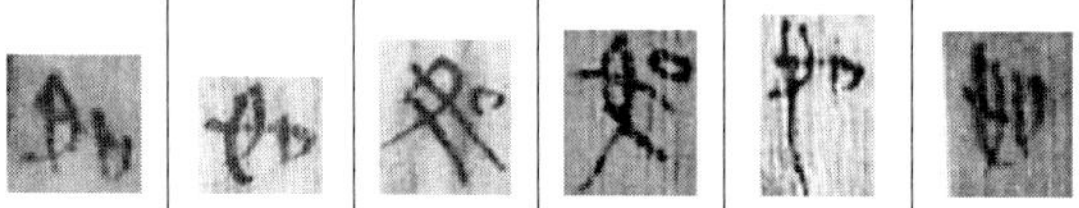 里 8.75	里 8.137	里 8.143 背	里 8.1243	里 8.1532	里 9.967				626
	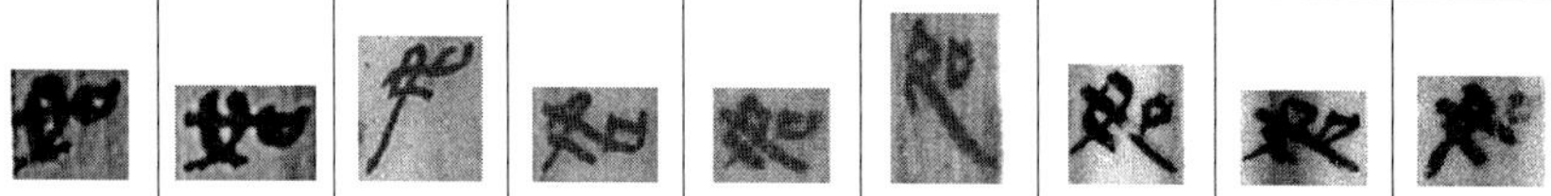 嶽二·數 9	嶽二·數 38	嶽三·芮 78	嶽三·多 91	嶽三·得 178	嶽三·綰 242	嶽四·律壹 23	嶽四·律壹 70	嶽四·律壹 264	
	 嶽五·律貳 11									
	 睡·語 12	睡·秦種 83	睡·效 21	睡·效 54	睡·秦雜 2	睡·法 51	睡·法 63			

	 放・日甲3	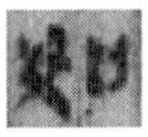 放・日乙91A+93B+92								
	 龍・44	 龍・117	 龍・143							
	 周・315	 周・321	 周・352	 周・372						
奸	 里8.1391									631
	 嶽三・得178	 嶽五・律貳2	 嶽五・律貳82							
	 睡・法65	 睡・法172								
戎	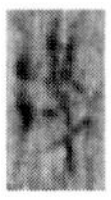 里8.1551									636
	 睡・法113									
	 周・132									
戍	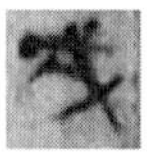 里8.140	 里8.143	 里8.761	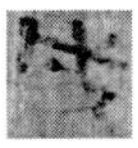 里8.877	 里8.2026	 里9.1	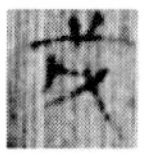 里9.918			636

	 嶽三·癸8	 嶽三·癸13	 嶽四·律壹184							
	 睡·秦種101	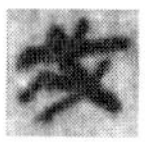 睡·秦雜40								
匠	 里8.756									641
	 嶽四·律壹30	 嶽四·律壹213	 嶽五·律貳95							
	 睡·秦種124									
曲	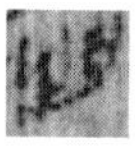 睡·葉42	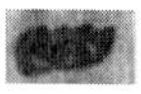 睡·日甲125								643
	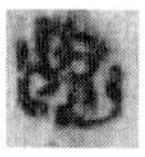 周·339									
糸	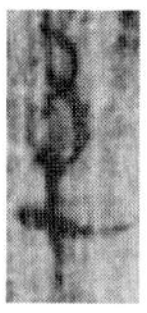 里8.205									650
亘	 里8.190									687
地	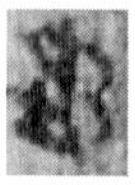 里8.412									688

	嶽二·數 213	嶽三·尸 34	嶽三·芮 63	嶽三·芮 85	嶽三·芮 86	嶽五·律貳 30	嶽五·律貳 39	嶽五·律貳 129	嶽五·律貳 269	
	嶽五·律貳 276									
	睡·封 57	睡·封 69	睡·為 36	睡·日甲 33 背	睡·日甲 36 背					
	放·日甲 67									
	周·327	周·343								
在	里 8.135	里 8.265	里 8.558	里 8.1510	里 9.486 背					693
	嶽一·占夢 16	嶽二·數 177	嶽三·魏 151	嶽三·魏 164	嶽五·律貳 20					
	睡·秦種 93	睡·秦種 186	睡·封 75	睡·為 13	睡·日甲 98 背	睡·日甲 152	睡·日乙 157			
	放·日甲 22	放·日甲 23	放·日甲 26	放·日甲 27	放·日乙 55	放·日乙 74				

	 龍・39	 龍・52								
	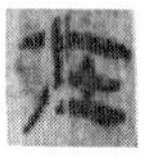 周・298									
虫	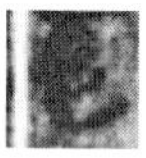 放・日甲 34									669
	 睡・日甲 105 背	 睡・日甲 107 背	 睡・日甲 128 背	 睡・日乙 115						
	 周・328									
玕	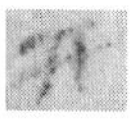 山・2									722
成	 里 8.38	 里 8.192	 里 8.209	 里 8.2006						748
	 嶽一・為吏 86	 嶽二・數 54	 嶽二・數 64							
	 睡・秦種 112	 睡・為 38	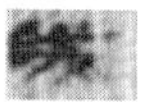 睡・日甲 2	 睡・日甲 3						
	 放・日甲 1	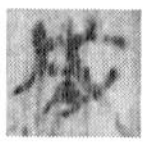 放・日甲 6	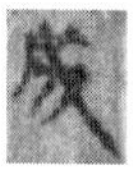 放・日甲 11	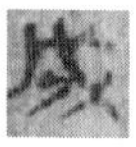 放・日甲 21	 放・日乙 118					

	 周·187	 周·189	 周·203							
存	 里 8.135	 里 8.534								750
	 嶽三·芮 78	 嶽四·律壹 3	 嶽四·律壹 61	 嶽四·律壹 230	 嶽四·律壹 245	 嶽五·律貳 266				
	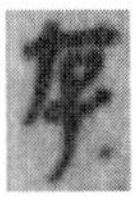 睡·秦種 161	 睡·秦種 190	 睡·法 98							
	 放·日乙 299									
字	 里 6.1									750
	 嶽四·律壹 226	 嶽五·律貳 116								
	 睡·封 86	 睡·日甲 150								
亥	 里 5.22	 里 8.63	 里 8.110	 里 9.2294						759

	嶽一·27質26	嶽一·34質26	嶽一·34質40	嶽一·34質42	嶽一·35質5	嶽三·學210				
	睡·葉34	睡·語1	睡·為22	睡·日甲31背	睡·日甲33背	睡·日甲40背	睡·日甲93背	睡·日乙2	睡·日乙30	
	放·日甲7	放·日甲11	放·日甲70	放·日乙95	放·日乙118	放·日乙131	放·日乙164	放·日乙316		
	龍·98									
	周·6	周·26	周·60	周·91	周·246					
	山·1	山·1								
戌	里8.71	里8.133	里8.157背	里8.163	里8.197	里8.781				759
	嶽一·27質14	嶽一·27質3	嶽一·34質14	嶽一·34質28	嶽一·34質49	嶽一·34質51	嶽四·律壹44			
	睡·語1									

	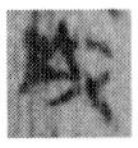 放・日甲1	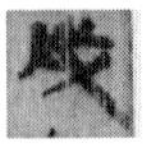 放・日甲6	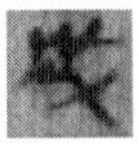 放・日甲7	 放・日甲11	 放・日甲72	 放・日乙3				
	 周・3	 周・4	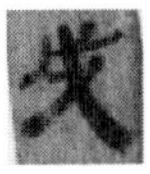 周・5							
	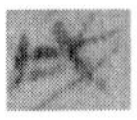 山・2									
	 里 8.713背									
件	 里 8.529背	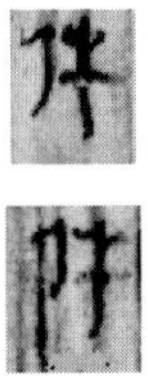 里 9.814	 里 9.1893	 里 9.2608						
夋	 里 8.171背									
屌	 里 8.639									
犴	 里 8.565	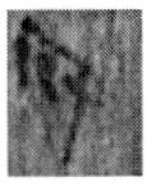 里 8.763	 里 8.765	 里 8.890	 里 9.16	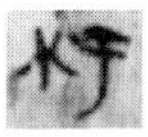 里 9.1454				
	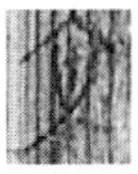 里 8.1562									

决	 嶽五・律貳 33	 嶽五・律貳 59								
戋	 里 9.443									
吊	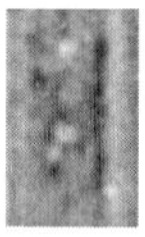 放・日乙 215									
囡	 睡・為 13									
汙	 嶽一・占夢 29									
	 睡・封 57	 睡・封 66	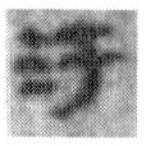 睡・日甲 146							
仮	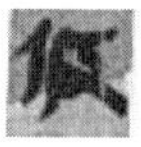 睡・日乙 22									

七　畫

七畫	字例									頁碼
壯	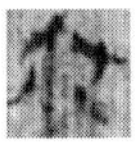 里 8.1878	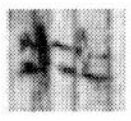 里 9.1112 背								20
	 睡・秦種 190	 睡・日甲 96 背								
	 放・日乙 73									
每	 放・日乙 188									22
芋	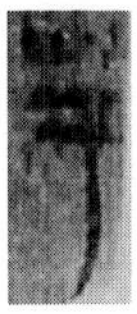 里 8.395	 里 8.1664	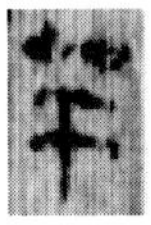 里 9.563	 里 9.989	 里 9.2298					25
芒	 里 8.659	 里 8.837	 里 9.2168 背							39
折	 里 8.1028									45
	 嶽一・為吏 44									
	 睡・秦種 125	 睡・秦種 148	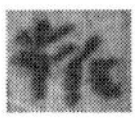 睡・秦雜 36	 睡・法 89	 睡・日甲 100 背	 睡・日乙 112	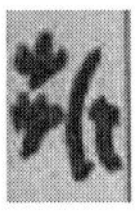 睡・日乙 255			

	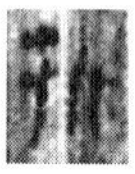 放・日甲24	 放・日甲41	 放・日乙57	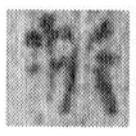 放・日乙242						
余	 放・日乙342									50
	 睡・日乙26									
牡	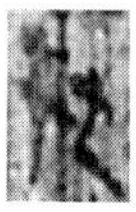 里8.2491	 里9.43	 里9.64							51
	 嶽四·律壹128	 嶽四·律壹213								
	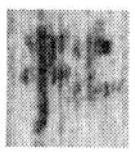 睡・封10	 睡·日甲155背	 睡·日甲156背							
	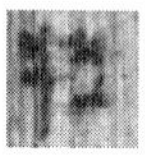 放・日乙84	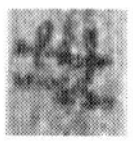 放・日乙89								
	 周·368									
牢	 里8.270	 里8.1179	 里8.728背	 里8.738背	 里8.893	 里8.2101				52
	 嶽四·律壹213									

	 睡・封51	 睡・日甲16								
	 放・日甲15	 放・日甲37	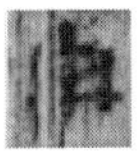 放・日乙73							
告	 里5.9	 里6.4	 里8.66	 里8.657	 里9.1408背					54
	 嶽三・癸7	 嶽三・癸20	 嶽三・芮83	 嶽四・律壹54	 嶽四・律壹281	 嶽五・律貳21	 嶽五・律貳33	 嶽五・律貳197		
	 睡・語13	 睡・秦種17	 睡・秦種184	 睡・秦雜36	 睡・法48	 睡・封91	 睡・日甲160			
	 放・日乙279									
	 龍・39	 龍・150								
	 周・247	 周・248	 周・250							
吻	 睡・封66									54
	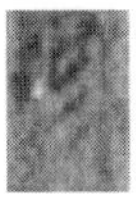 放・日乙224									

含	 里 9.2636									56
吾	 里 8.144 背	 里 8.1742	 里 8.1980	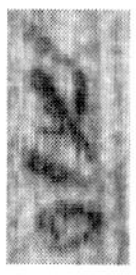 里 9.328	 里 9.3353					57
	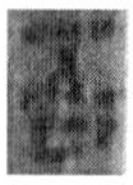 嶽三·得 180	 嶽五·律貳 56								
	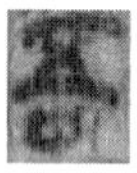 放·日乙 259+245									
君	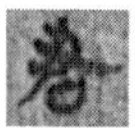 里 8.178	 里 8.1198								57
	 嶽一·為吏 83	 嶽·占夢 40	 嶽四·律壹 184							
	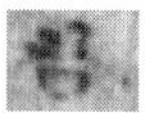 睡·葉 28	 睡·秦種 116	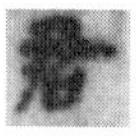 睡·秦種 161	 睡·秦雜 34	 睡·為 44	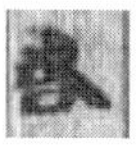 睡·日甲 6	 睡·日甲 144			
	 放·日甲 14	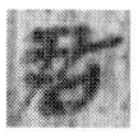 放·日乙 242	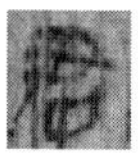 放·日乙 261							
	 周·326									
各	 里 8.236	 里 8.439	 里 8.883	 里 8.1798						61

	 嶽二·數 123	 嶽二·數 177	 嶽二·數 192	 嶽三·癸 13	 嶽三·癸 30					
	 睡·秦雜 29	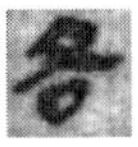 睡·秦種 28	 睡·效 7	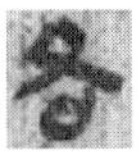 睡·效 17	 睡·法 12					
吝	 放·日乙 137									61
	 睡·日甲 130									
局	 睡·為 1									62
走	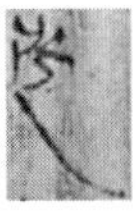 里 8.100.1	 里 8.197 背	 里 8.220	 里 8.133 背	 里 8.373	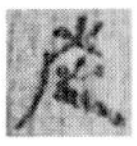 里 8.756	 里 8.1266			64
	 嶽一·34 質 34	 嶽一·34 質 53	 嶽三·芮 68	 嶽三·綰 242						
	 放·志 5									
步	 里 8.2161									69

	 嶽二·數26	 嶽二·數22	 嶽二·數41	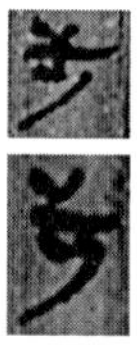 嶽二·數54	 嶽三·綰242	 嶽三·綰241				
	 睡·法101	 睡·封59	 睡·封79	 睡·為6	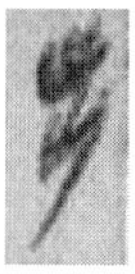 睡·日甲56背	 睡·日乙106				
	 青·16									
	 放·日乙165									
	 周·326	 周·327	 周·340	 周·343	 周·345	 周·350				
廷	 里8.1	 里8.952	 里8.1106	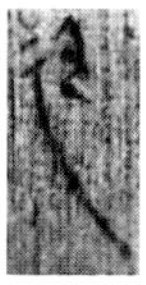 里8.17	 里8.284	 里8.1072	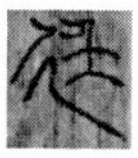 里8.1776	 里9.1311		78
	 嶽一·34質8	 嶽一·34質58	 嶽四·律壹123							
	 睡·秦種197	 睡·秦種29	 睡·法38	 睡·為28						
	 周·243									

足	里 8.90	里 8.137	里 8.526 背	里 8.745 背	里 9.1121					81
	嶽一·占夢 43	嶽二·數 204	嶽二·數 209	嶽二·數 210	嶽四·律壹 274	嶽四·律壹 309				
	睡·語 2	睡·語 9	睡·秦種 2	睡·法 113	睡·封 69	睡·日甲 93 背				
	放·日甲 25	放·日乙 58								
	周·310	周·337								
言	里 5.1	里 6.28	里 8.1952	里 8.63	里 8.656	里 8.62	里 8.141	里 8.701	里 8.767	90
	里 9.343	里 9.717	里 9.2733 背							
	嶽一·為吏 18	嶽一·占夢 34	嶽三·癸 12	嶽三·猩 59	嶽三·芮 70	嶽三·魏 160	嶽五·律貳 12			
	睡·語 11	睡·語 12	睡·秦種 2	睡·法 77	睡·封 45	睡·日甲 143				

	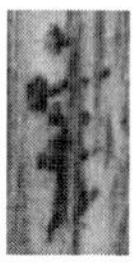 放・日甲 14	 放・日甲 54	 放・日甲 55	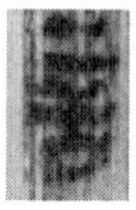 放・日乙 15	 放・日乙 40B	 放・日乙 243				
	 龍・21	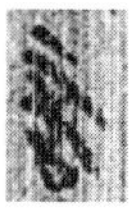 龍・159	 龍・199							
	 周・189	 周・191	 周・201	 周・246						
弄	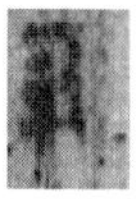 放・日乙 207									104
	 睡・日甲 98 背									
兵	 里 8.63 背	 里 9.11 15								105
	 嶽一・為吏 11	 嶽三・學 228	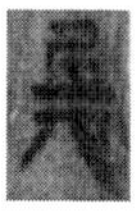 嶽三・綰 243	 嶽四・律壹 308	 嶽四・律壹 357					
	 睡・秦種 102	 睡・秦雜 15	 睡・為 21	 睡・日甲 9	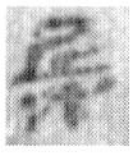 睡・日甲 33	 睡・日甲 37	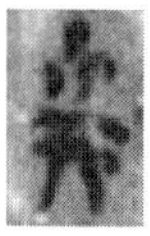 睡・日甲 45 背	 睡・日甲 49 背	 睡・日乙 21	
	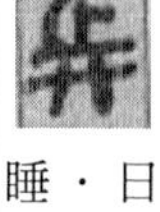 睡・日乙 217									

	 周·297									
戒	 里8.532									105
	 嶽一·為吏28	 嶽四·律壹240	 嶽五·律貳17	 嶽五·律貳223						
	 睡·法125	 睡·為33								
	 放·日乙259+245									
役	 里8.1099									121
	 嶽一·為吏74									
	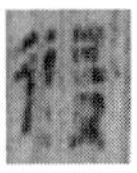 放·日乙294	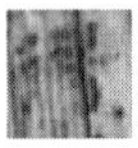 放·日乙319								
	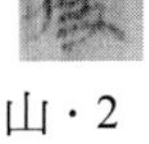 山·2									
更	 里6.10	 里8.771背	 里8.1564	 里8.2161	 里8.522	 里8.2418	 里8.1236	 里9.284	 里9.328	125

	 里 9.1130	 里 9.1623								
	 嶽三・芮 65	 嶽三・芮 66	 嶽三・芮 78	 嶽四・律壹 18	 嶽四・律壹 290	 嶽四・律壹 329				
	 睡・秦種 105	 睡・秦種 121	 睡・秦種 181	 睡・法 88	 睡・日甲 120					
	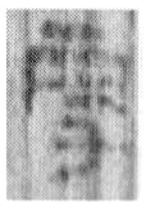 青・16									
	 放・日乙 5	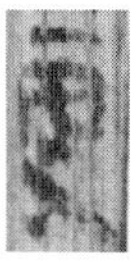 放・日乙 15	 放・日乙 16							
	 周・318									
改	 嶽三・得 176	 嶽三・得 183								125
攻	 里 8.2133	 里 9.939								126
	 嶽一・為吏 86	 嶽三・多 88	 嶽五・律貳 129							

	 睡・為 28	 睡・葉 9	 睡・葉 13	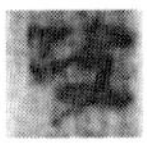 睡・秦種 56	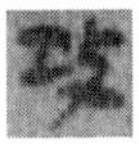 睡・秦種 123	 睡・秦雜 35	 睡・日甲 36 背	 睡・日甲 104	 睡・日乙 18	
	 睡・日乙 87									
	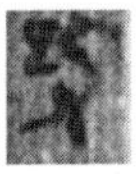 放・日甲 24	 放・日乙 97								
	 周・139									
別	 里 8.41	 里 8.197 背	 里 8.198	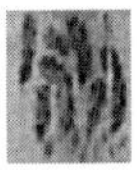 里 8.657	 里 8.1047					166
	 嶽一・為吏 79	 嶽三・芮 64	 嶽三・魏154	 嶽四・律壹 27	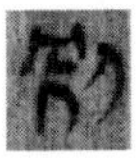 嶽五・律貳 82	 嶽五・律貳 320				
	 睡・語 8	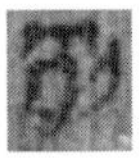 睡・秦種 34	 睡・秦種 35	 睡・法 116	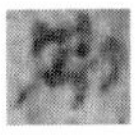 睡・日甲 79 背					
	 放・日乙 255									
肝	 嶽一・占夢 23									170
肖	 里 8.1966	 里 9.1809								172

	 睡·為 2									
肘	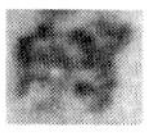 睡·封 53									172
利	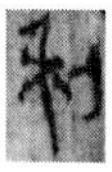 里 8.90	 里 8.327	 里 8.527 背							180
	 嶽一·為吏 86	 嶽三·癸 10	 嶽三·芮 73	 嶽四·律壹 151	 嶽五·律貳 151					
	 睡·語 1	 睡·秦種 38	 睡·為 27	 睡·日甲 4	 睡·日甲 32	 睡·日乙 236				
	 青·16									
	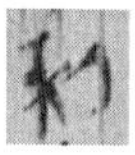 放·日甲 67	 放·日乙 166	 放·日乙 271							
	 周·139	 周·143	 周·219	 周·368						
	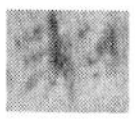 山·1									
角	 里 8.162	 里 8.414	 里 9.910							186
	 睡·秦種 17	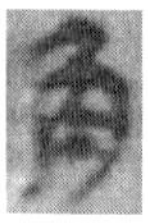 睡·秦種 18	 睡·封 57	 睡·為 17	 睡·日甲 1	 睡·日甲 54	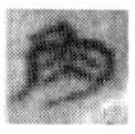 睡·日乙 91	 睡·日乙 96		

	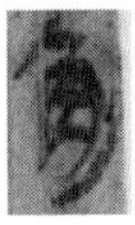 周·131	 周·187								
巫	 里 8.34	 里 8.461	 里 8.793	 里 8.2336	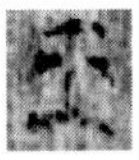 里 9.276	 里 9.762	 里 9.1117			203
	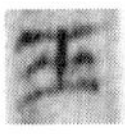 睡·日甲 75	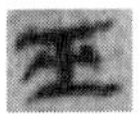 睡·日甲 120	 睡·日乙 162							
	 嶽一·占夢 18	 嶽三·多 88	 嶽三·多 89							
	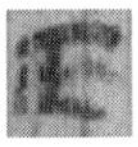 放·日乙 259+245	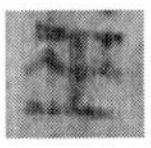 放·日乙 350								
	 山·1	 山·1								
豆	 嶽一·占夢 33									209
	 睡·法 27									
即	 里 8.63	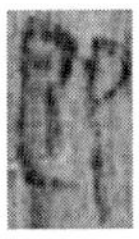 里 8.758	 里 8.918	 里 8.1071	 里 8.1131 背	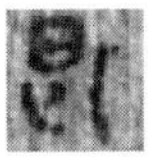 里 8.2031	 里 9.348			219
	 嶽二·數 64	 嶽二·數 179	 嶽二·數 184	 嶽二·數 214	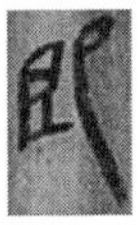 嶽三·芮 77	 嶽三·魏164	 嶽三·學 226	 嶽四·律壹 137		

	 睡·語 6	 睡・秦種 18	 睡・秦種 80	 睡・法 77	 睡・法 153					
	 放・日乙 321									
	 龍・158	 龍・159								
	 周・243	 周・319								
矣	 里 8.594	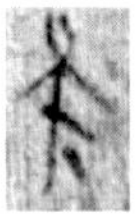 里 9.77	 里 9.462	 里 9.1468	 里 9.1861	 里 9.1862				230
	 嶽三・尸 42									
	 睡·語 3	 睡・法 161	 睡·日甲 101 背	 睡·日甲 124 背						
良	 里 8.1123	 里 8.1515 背	 里 8.1547							232
	 嶽三・善 209									

	 睡·語 9	 睡·日甲 24	 睡·日甲 79	 睡·日乙 72						
	 周·363									
	 山·1	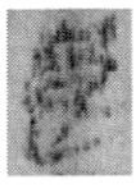 山·1								
弟	 嶽一·占夢 11	 嶽一·占夢 26	 嶽三·田 193	 嶽四·律壹 147	 嶽五·律貳 1	 嶽五·律貳 13	 嶽五·律貳 199	 嶽五·律貳 256		239
	 睡·秦雜 6	 睡·法 71	 睡·為 25	 睡·日甲 2						
	 放·日乙 254									
	 周·193									
	 山·1									
坆	 里 5.4 背									241
杏	 嶽一·35 質 7									242

	 里 9.1866									
杜	 嶽四·律壹 84									242
李	 里 8.206 背	 里 8.835	 里 9.509							242
	 睡·日甲 22 背	 睡·日乙 67								
	 嶽一·占夢 32									
杕	 里 9.14	 里 9.368	 里 9.2830							253
	 睡·秦種 135									
	 嶽四·律壹 48	 嶽四·律壹 167	 嶽五·律貳 223							
材	 里 8.2435									254

	 嶽一・為吏 13	 嶽二・數 172	 嶽三・芮 66	 嶽三・芮 67	 嶽三・芮 68	 嶽五・律貳 11	 嶽五・律貳 278			
	 睡・秦種 4	 睡・法 140	 睡・為 33	 睡・為 45	 睡・日甲 6	 睡・日甲 46 背				
	 放・日甲 70	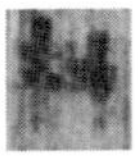 放・日乙 94								
	 山・2									
杓	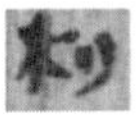 放・日乙 95									263
	 睡・日甲 29 背									
朿	 里 8.1242	 里 8.1556	 里 8.1842	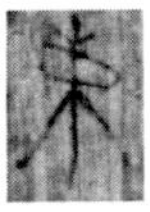 里 9.1264						278
	 嶽二・數 20	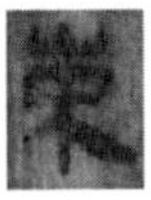 嶽三・綰 243								
	 睡・秦種 8									
困	 睡・為 2	 睡・日甲 56 背	 睡・日甲 59							281

貝	 里8.767背									281
	 睡・為18									
邦	 里8.461	 里8.657	 里8.674	 里8.773	 里9.427					285
	 嶽一・占夢34	 嶽一・占夢36	 嶽三・尸39	  嶽三・尸33						
	 睡·語1	 睡·語4	 睡・秦種201	 睡・秦雜14	 睡・法113	 睡・法140	 睡・為11	 睡・日甲3	 睡・日甲145	
	 睡·日乙19A+16B+19C	 睡・日乙248								
	 放・日乙4	 放・日乙16								
邑		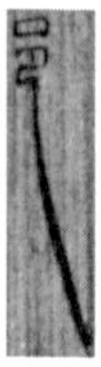								285

	里8.657背	  里8.753	里8.882							
	 嶽一・35質22	 嶽三・魏 167	 嶽四・律壹29							
	 睡・秦種5	 睡・秦種169	 睡・效29	 睡・法63	 睡・日甲93	 睡・日甲144				
	 放・日甲66	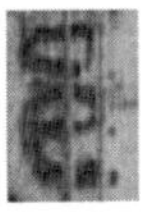 放・日乙165								
	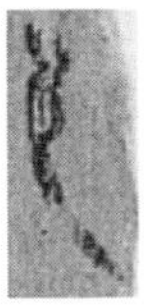 龍・250									
	 周・50	 周・55	 周・349							
	 山・1									
岐	 里9.73	 里9.2097								287

邪	 里 8.647	 里 8.21 29	 里 9.23 背	 里 9.22 88 背						300
	 嶽五・律貳 75									
	 睡・語 6	 睡・秦種 89								
旱	 嶽一・占夢 25									308
	 睡・秦種 13	 睡・日甲 129 背	 睡・日乙 53							
	 放・日乙 154	 放・日乙 158								
	 周・299									
甬	 里 8.982	 里 8.21 61								320
	 嶽一・為吏 65	 嶽二・數 110	 嶽四・律壹 171	 嶽四・律壹 389						

	 睡・秦種 194	 睡・效 3	 睡・日甲 13							
	 龍・31									
秀	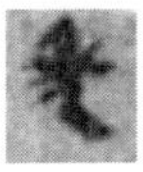 睡・日甲 13	 睡・日乙 13	 睡・日乙 25							323
克	 放・日乙 300	 放・日乙 328								323
	 龍・292									
私	 里 8.550	 里 8.877	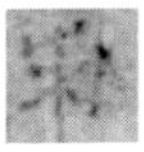 里 8.1430							324
	 嶽一・為吏 46	 嶽三・猩 55	 嶽四・律壹 77							
	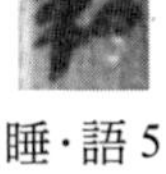 睡・語 5	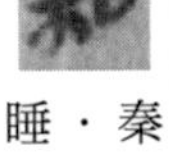 睡・秦雜 11	 睡・為 46							
	 龍・102									
完	 里 8.291	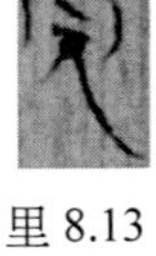 里 8.1363	 里 9.289							343

	 嶽四·律壹 21	 嶽四·律壹 348	 嶽五·律貳 13	 嶽五·律貳 16	 嶽五·律貳 171					
	 睡·秦種 7	 睡·秦種 156	 睡·秦雜 15	 睡·法 81	 睡·日甲 81	 睡·日甲 104 背				
	 龍·42A									
宋	 睡·日甲 131 背									345
呂	 里 8.23 49									346
	 睡·為 19									
	 放·日乙 204	 放·日乙 211	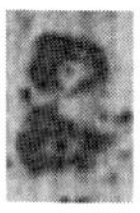 放·日乙 286							
究	 里 9.31 73 背									350
疕	 睡·封 52									352

佗	里8.201背	里8.1435	里8.2319	里9.1466	里9.1927	里9.2076			375
	嶽三·魏162								
何	里8.43	里8.310	里8.674	里8.780	里9.10				375
	嶽三·癸5	嶽三·癸10	嶽四·律壹24						
作	里8.145	里8.162	里8.454	里8.355	里8.787	里8.815	里8.1385	里9.10	378
	嶽一·為吏13	嶽一·為吏15	嶽三·魏152	嶽四·律壹17	嶽四·律壹265	嶽五·律貳11			
	睡·語2	睡·秦種50	睡·秦種136	睡·法63	睡·為29	睡·日乙6	睡·日甲9	睡·日甲10	
	放·日甲16	放·日甲21	放·日乙16	放·日乙21	放·日乙351				
	龍·59	龍·90							

	 周・141									
佁	 里8.520	 里8.1291	 里9.1120							383
但	 周・28									386
身	 里8.1786									392
	 嶽一・為吏52	 嶽一・為吏86	 嶽一・占夢22	 嶽三・癸15	 嶽四・律壹139	 嶽四・壹218	 嶽五・律貳5			
	 睡・法69	 睡・封38	 睡・為32	 睡・為34	 睡・日甲26	 睡・日甲48背				
	 放・志5									
	 龍・43									
孝	 里8.918	 里9.4								402
	 嶽一・為吏13	 嶽四・律壹13	 嶽五・律貳199							

	 睡・法102	 睡・封51	 睡・為41	 睡・日甲143						
求	 里8.135	 里8.167	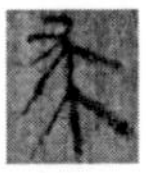 里8.296	 里8.454	 里8.1440	 里9.536	 里9.2323			402
	 嶽一・占夢27	 嶽二・數84	 嶽二・數152	 嶽三・尸40	 嶽三・魏154	 嶽五・律貳23				
	 睡・秦種87	 睡・秦種187	 睡・秦雜38	 睡・法66	 睡・封21	 睡・為27	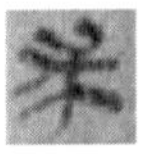 睡・日甲153			
	 放・日乙262	 放・日乙321								
	 周・260	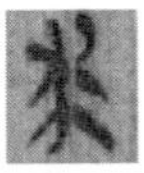 周・361	 周・362							
尾	 放・日乙105	 放・日乙176								406
	 睡・日甲8背	 睡・日甲47	 睡・日甲53	 睡・日甲56	 睡・日乙101					
	 周・136									

兌	 嶽二·數29	 嶽二·數12								409
	 放·日乙206	 放·日乙208								
	 睡·日甲5	 睡·日甲11	 睡·日甲98背							
禿	 里8.140									411
見	 里6.28	 里8.518	 里8.1236	 里8.1593	 里8.2279	 里8.653	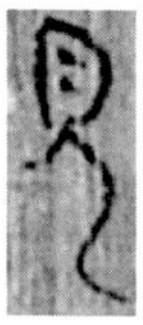 里8.1067	 里8.1137		412
	 嶽一·為吏59	 嶽一·占夢23	 嶽一·占夢30	 嶽三·魏152	 嶽四·律壹122	 嶽四·律壹148	 嶽四·律壹308	 嶽五·律貳21	 嶽五·律貳43	
	 睡·秦種27	 睡·效37	 睡·法10	 睡·法53	 睡·封18	 睡·封95	 睡·為51	 睡·日甲32	 睡·日乙19A+16B+19C	
	 睡·日乙21									

	 龍·39									
	 周·246	 周·247	 周·326	 周·332						
	 山·2									
岑	 睡·為48									444
序	 放·日甲28	 放·日乙61	 放·日乙100							448
犯	 里8.75									459
豕	 里8.4	 里8.2491								459
	 睡·日甲107	 睡·日乙181								
	 嶽一·占夢41	 嶽三·暨99								
	 放·日甲41	 放·日乙77	 放·日乙166							

	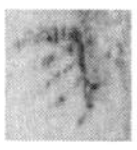 山·1	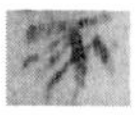 山·1	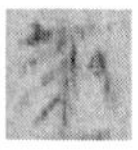 山·2							
豸	 睡·日甲105背	 睡·日甲118背								461
免	 里8.656	 里8.777	 里8.896	 里8.2006						477
	 嶽四·律壹7	 嶽四·律壹213	 嶽四·律壹263	 嶽四·律壹335	 嶽五·律貳17	 嶽五·律貳195				
	 睡·秦種22	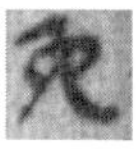 睡·秦種172	 睡·效18	 睡·效29	 睡·秦雜3	 睡·法145	 睡·封38	 睡·為51	 睡·日甲112背	
	 放·日乙69	 放·日乙230	 放·日乙258A+371							
	 龍(木)·13									
	 周·340									
犺	 嶽三·魏166									479
	 睡·日甲49									

狄	 嶽一・為吏 78									481
狂	 睡・日甲 119	 睡・日甲 120 背								481
灼	 里 8.1221									488
赤	 里 8.18	 里 8.537	 里 8.1363	 里 9.310						496
	 嶽二・數 160	 嶽三・魏 166	 嶽四・律壹 167	 嶽五・律貳 221						
	 睡・秦種 135	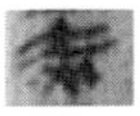 睡・日甲 70								
	 放・日甲 41	 放・日乙 71	 放・志 1							
	 周・190	 周・336								
夾	 放・日乙 202	 放・日乙 286								497
	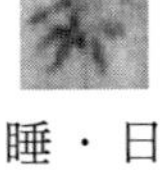 睡・日甲 151									

吳	 里 8.566	 里 8.894	 里 8.13 80							498
志	 里 8.42	 里 8.94	 里 8.518	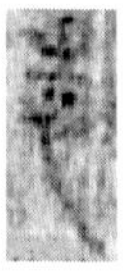 里 9.464	 里 9.835	 里 9.982	 里 9.14 17			506
	 嶽一・ 為吏 83	 嶽四・律 壹 215	 嶽四・律 壹 351							
	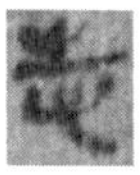 睡・秦 雜 28	 睡・為 43	 睡・日 甲 3	 睡・日 甲 129						
快	 里 8.155	 里 8.158 背	 里 8.21 01	 里 9.225 1						507
忘	 嶽一・ 為吏 39									514
	 里 9.282	 里 9.32 76								
	 睡・為 5	 睡・為 23	 睡・日 甲 7 背	 睡・日甲 104 背						
忌	 里 8.149	 里 9.19 00 背								515

	 睡·日甲80	 睡·日甲85背	 睡·日甲131	 睡·日乙66	 睡·日乙67	 睡·日乙188				
	 嶽三·綰242									
	 放·日甲72	 放·日乙259+245	 放·日乙315	 放·日乙366						
	 山·1	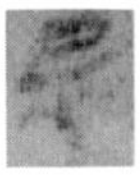 山·2								
忍	 里 8.63背	 里8.396	 里8.1732	 里9.1301						519
	 嶽五·律貳196									
	 睡·為36									
沅	 里6.4	 里8.1618	 里9.1162							525
	 里8.186	 里8.695	 里8.855	 里8.1722						

沂	 里 8.882	 里 8.14 33 背									543
	 嶽四 · 律壹 84										
沛	 嶽三 · 癸 14	 嶽三 · 癸 24									547
沙	 嶽三 · 癸 10										557
	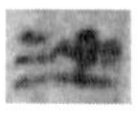 睡 · 日甲 122 背										
	 里 9.20 59										
	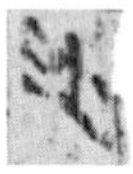 龍 · 35	 龍(木) · 13									
沃	 嶽一 · 35 質 6	 嶽三 · 癸 8	 嶽三 · 癸 18								560
	 睡 · 日甲 108 背	 睡 · 日甲 135 背									
	 放 · 志 7										

	 周·348									
決	 里 5.1	 里 8.18 32	 里 9.786							560
	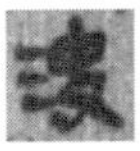 睡·秦 雜 6	 睡·日 乙 11	 睡·日 乙 24							
沒	 嶽四·律 壹 124	 嶽五· 律貳 36	 嶽五·律 貳 151							562
	 里 9.17	 里 9.20 97								
	 睡·秦 種 103									
	 放·日 乙 320									
	 龍·58	 龍·102	 龍·147							
沈	 里 8.886	 里 8.10 43	 里 8.12 14	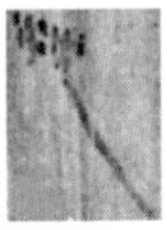 里 8.15 54 背	 里 9.327	 里 9.12 35	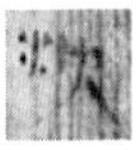 里 9.20 09			563
沐	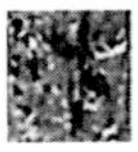 嶽一· 為吏 64	 嶽五·律 貳 221								568

	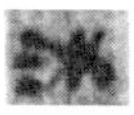 睡・日甲104									
	 周・314									
汲	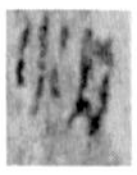 里8.1290									569
	 嶽一・占夢42	 嶽四・律壹151								
	 周・340									
巠	 放・日乙137									574
谷	 嶽三・尸35	 嶽四・律壹53								575
	 睡・日乙189									
	 里9.1850背									
	 放・日甲32A+30B	 放・日乙68	 放・日乙74	 放・日乙305						

冶	 里 8.12 43	 里 8.17 72								576
	 周・354	 周・372								
門	 里 8.66	 里 8.649	 里 8.756							593
	 嶽一・為吏 75	 嶽一・占夢 20	 嶽三・魏162							
	 睡・秦種 196									
扶	 里 8.201									602
	 睡・法 208									
扼	 睡・語 11									603
把	 里 8.219									603
	 嶽一・為吏 87	 嶽四・律壹 215								
	 睡・法 5	 睡・法 1313	 睡・封 85	 睡・日乙 166						

抉	 睡・秦種 84									607
投	 里 8.1517									607
	  嶽四・律壹 13									
	 睡・法 53	 睡・法 90	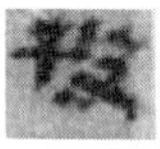 睡・日甲 113 背	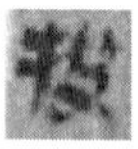 睡・日甲 114 背	 睡・日甲 139 背	 睡・日乙 106	 睡・日乙 146			
	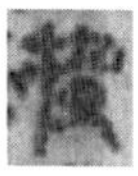 放・日乙 212	 放・日乙 247B	 放・日乙 322							
	 周・338	 周・343	 周・344							
技	 嶽五・律貳 316									613
妘	 嶽三・譊 140									619
佞	 嶽三・芮 79									628

我	 周・345	 周・347	 周・376							638
	 睡・日甲91背									
系	 里8.1485									648
卵	 睡・日甲74	 睡・日乙185								686
均	 里8.197	 里8.757	 里9.470背	 里9.2617						689
	 嶽四・律壹150	 嶽四・律壹256	 嶽五・律貳17	 嶽五・律貳51	 嶽五・律貳225					
	 睡・秦種113	 睡・法187								
坐	 里8.144	 里8.198	 里8.523	 里8.867						693
	 嶽三・癸30	 嶽四・律壹69	 嶽四・律壹205	 嶽五・律貳10						
	 睡・秦種83	 睡・秦種163	 睡・效51	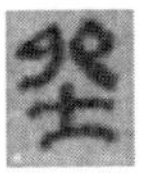 睡・效55	 睡・法20					

	 放·日乙162A+93A									
	 龍·118	 龍(木)·13								
	 周·13									
町	 龍·127A	 龍·136								701
里	 里8.8	 里8.63	 里8.807							701
	 嶽一·為吏2									
	 睡·語14	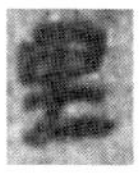 睡·秦種25	 睡·法63							
	 放·日乙319	 放·志1								
	 龍·27									

	 周·302									
甸	 睡·法190									702
助	 里8.1416	 里9.479								705
	 嶽四·律壹174									
	 睡·為9									
男	 里8.19	 里8.209	 里8.406	 里8.713	 里8.1254	 里8.2185				705
	 嶽三·癸25	 嶽三·尸41	 嶽三·猩48	 嶽四·律壹55						
	 睡·秦種59	 睡·秦種62	 睡·封6	 睡·封17	 睡·日乙94	 睡·日乙108				
	 放·日甲16	 放·日甲24	 放·日甲19	 放·日乙57	 放·日乙334					
	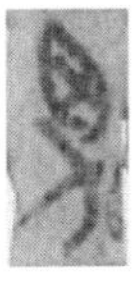 龍·2									

	 周・322	 周・331	 周・368							
車	 里 8.215 背	 里 8.548	 里 8.562							727
	 嶽四・律壹 248									
	 睡・秦種 130	 睡・秦種 148	 睡・秦雜 25							
	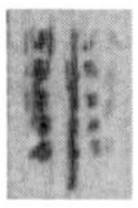 放・日乙 5	 放・日乙 377								
	 龍・54									
	 周・312	 周・332								
阪	 青・16									738
	 睡・日甲 91 背	 睡・日甲 92 背								

	 龍·60									
阬	 睡·語 12									740
阮	 里 8.145	 里 8.510	 里 9.18 24							742
陕	 嶽一·為吏 1									744
	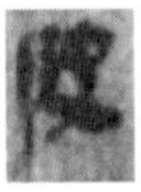 睡·秦種 118	 睡·秦種 119								
辛	 里 8.7	 里 8.164	 里 8.44	 里 8.110	 里 8.329					748
	 嶽一·27 質 6	 嶽一·34 質 48	 嶽一·35 質 4	 嶽一·35 質 18	 嶽三·癸 1	 嶽三·學 210	 嶽四·律壹 353	 嶽五·律貳 62		
	 睡·為 22	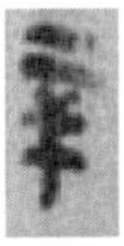 睡·日甲 48 背	 睡·日甲 54 背	 睡·日乙 66						
	 放·日甲 69	 放·日甲 70								

	周・4	周・7	周・8	周・16	周・24	周・35				
	山・1	山・1								
辰	里8.135	里8.140	里8.558	里9.1018						752
	睡・日甲36背	睡・日甲94	睡・日甲132	睡・日乙142	睡・日乙157					
	嶽一・27質6	嶽一・34質45	嶽三・尸40	嶽三・譊141						
	放・日甲1	放・日甲2	放・日甲4	放・日甲5	放・日甲47	放・日乙3	放・日乙51	放・日乙322		
	周・6	周・7	周・11							
	山・1	山・1								
酉	里8.164	里8.767	里8.1565	里8.2328	里5.34	里8.1480	里9.697			754
	嶽一・27質9	嶽一・34質65	嶽三・癸1							

	 睡·秦種 13	 睡·日甲 72	 睡·日乙 33						
	 青·16								
	 放·日甲 2	 放·日甲 3	 放·日甲 69	 放·日甲 70	 放·日乙 3				
	 周·2	 周·3	 周·4	 周·12	 周·24				
	 山·1	 山·1	 山·1						
	 里 8.1575								
忑	 里 5.5								
呆	 里 8.752	 里 9.2592							
戉	 里 5.10								
弢	 里 8.361								
刋	 里 8.1435								

吉	 里 8.710									
佐	 里 8.63	 里 8.164 背	 里 8.163	 里 8.270	 里 8.497	 里 8.463	 里 8.839	 里 8.492	 里 9.1408 背	
	 嶽一・為吏 10	 嶽三・芮 66	 嶽四・律壹 7	 嶽四・律壹 349						
	 睡・語 9	 睡・秦種 73	 睡・秦種 172	 睡・效 27	 睡・效 32	 睡・秦雜 20	 睡・法 157			
岀	 里 8.1027									
杋	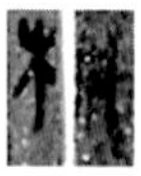 嶽一・為吏 65									
庰	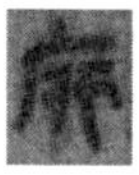 嶽三・得 176	 嶽三・得 178								
汧	 睡・效 45									
皂	 睡・秦種 5									
孶	 放・日乙 218									

夅	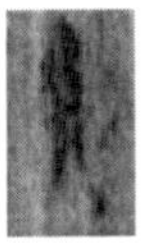 放・日乙 277	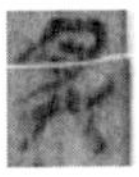 放・日乙 281							
希	 龍・129	 龍・131	 龍・134						
	 睡・日甲 96 背	 睡・日甲 98 背							
阶	 嶽五・律貳 118								
灰	 里 9.729								
朮	 里 9.804								
[illegible]	 里 9.1875 背								
匠	 里 9.453 背								
㔷	 睡・日甲 150 背	 睡・日甲 153 背							
圩	 睡・日甲 100								

杘	 睡・日甲 64									
夸	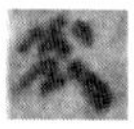 睡・日甲 119									